書下ろし

時代小説

火の華《はな》

橋廻り同心・平七郎控

藤原緋沙子

祥伝社文庫

目次

第一話　菊枕

一

吹く風に秋冷を感じていた。陽の光は弱く、だが空気はどこまでも澄明《ちようめい》だった。

——秋だな……。

立花平七郎《たちばなへいしちろう》は、改めてそう思った。

ふと見ると、どこからともなく飛んできた落葉が、行く手に散っていた。散るには惜《お》しい瑞々《みずみず》しい朱の色を見せ、風にさらわれるのを拒《こば》むように、震えながら路上にしがみついている。

「ふむ」

すんでの所でその一葉を踏みつけそうになった平七郎は、思わず歩幅を変えてやり過ごした。

誰かが早晩踏みつけて、色も形も崩れることはわかっていても、今踏み締めてしまうのは痛々しい気がしたのである。

平七郎は苦笑して、懐《ふところ》にある木槌《きづち》を確かめると足を早めた。

木槌は長さが八寸（約二四センチ）ほどの、柄も頭も樫《かし》の木で出来ているコカナヅチだが、橋を点検するのには無くてはならない道具であった。

北町奉行所同心定橋掛《じょうばしがかり》――それが平七郎の役職名である。

仕事の内容はというと、十手を持つ手に木槌を握り、江戸府内の幕府が架けた橋梁百二十余の監督管理をするのが、もっぱらのお役目である。

人員は与力一騎に同心二名、だが上役の大村虎之助《おおむらとらのすけ》は奉行所で鼻毛を抜いて報告を待っているだけの老齢の与力である。実質のお役目は、平七郎と年下の同僚平塚秀太《ひらつかしゅうた》の肩にかかっていた。

ただ、定橋掛は奉行所内では閑職とされている。

平七郎もお役を拝命した時には、気抜けがするほど楽な仕事だと思っていたが、いやいやどうして、日々の仕事を緻密《ちみつ》に記帳していく秀太のお陰で、橋掛も結構気の抜けない仕事だと近頃つとに思うのである。だが、

「きつつきのように橋を叩いておれば仕事は済むのだろ、いいよな」

遠慮のない同心からは冷笑され、揶揄《やゆ》されているお役目だった。

もっともその嘲笑は、同心のお役目としては花形の定町廻りから橋廻りに左遷された平七郎の身を、それ見たことかとほくそ笑む、さもしい小役人根性に違いなかった。

だが、当の平七郎は涼しい顔をして、せっせと橋を見回っている。

今日も楓川《もみじ》に架かる弾正橋《だんじょう》の修繕で打ち合わせがあり、橋の上で秀太や大工の棟梁たちと待ち合わせていたのだが、予期せぬ事態で橋に向かうのが遅くなった。

――それにしても、母上は……。

別れてきたばかりの母の里絵《さとえ》のはしゃぎっぷりを思い出して苦笑した。

母の里絵は、平七郎にとっては継母《ままはは》だが、お互いに義理の仲だという意識はない。多少口うるさいところはあるのだが、年齢もまだ四十半《なか》ばで若々しく華やいだ人である。

先程も木槌を手に玄関に出ていくと、いつもは手をついて見送ってくれる里絵が着飾って待っていた。

里絵は、路考茶《ろこうちゃ》の縮緬《ちりめん》地に、裾に菊重ねの紋様をあしらった小袖を着て立っていた。

「わたくし、近くまで一緒に参りますから」

里絵は、浮き立つ声で言った。

襟に手を添えたりして、念入りにめかした姿を息子に褒《ほ》めて貰《もら》いたい風情《ふぜい》である。

平七郎は困惑しきって、気の利《き》いた言葉も言えず、

「私はこれからお勤めです」

ぶっきらぼうな返事をした。少々愛想が無さ過ぎるのではないかという一抹のやましさが頭を過《よぎ》る。

なにしろ、里絵が着ている着物は、平七郎が十日ほどまえに、小伝馬《こでんま》町のとある呉服屋の店先で、買い求めてきた品だったからである。

それも、上げ見世《みせ》という店の軒先に突き出してつくった台に並べられていた特売品で、

群がっていた女たちが引きあげたところに通りかかって何気なく覗《のぞ》いたのが事のはじまり、平七郎は店の手代にうまく勧められて買うことになった代物《しろもの》だった。

「これは八丁堀《はっちょうぼり》の旦那、おひとついかがでございますか。こちらは浜縮緬の上物でございますよ。通常なら特売品でも一反が二両は致しますが、それを一両でお分けしております」

「何、一両もするのか」

「半値でございますよ旦那……わかりました、二反買って頂ければ一両二分にさせて頂きます」

手代は如才《じょさい》のない笑顔を見せた。

「二反で一両二分とな」

「はい。主《あるじ》には内緒でとくべつにお分け致します。いえなに、お品は保証いたします」

などという手代の口車に乗せられて、

「そうか、じゃあ二反貰おうか」

つい言った。

一反は母の里絵に路考茶の地色をもとめ、もう一反は常々世話になっている読売屋『一《いち》文字屋《もんじや》』のおこうに紅掛花の地色を選んだのである。

一両二分の大金は、懐の中で蓄《たくわ》えていた、橋袂の商人たちからもらった袖の下を充当したのだが、むろん特売品だなどということは母にもおこうにも内緒であった。

この十日、里絵はせっせと針を使っていたようだが、着物が仕立て上がったところで、早速袖を通してみたくなったらしい。

あまりに嬉しそうな顔をされると、特売品だっただけに面映《おもは》ゆい。

「わたくし、儀部《いそべ》太神宮に参ります。ついでに、神社のお隣りの伊市《いいち》屋さんのお薬も頂こうかと思いまして」

里絵は、さっさと草履を履《は》いた。

「どこかお悪いのですか」

下男の又平《またへい》に見送られて表に出ると、里絵の顔をちらりと見て言った。

「ええ……近頃頭痛がひどくって気持ちが晴れません。伊市屋さんの晴心散がよく効くと聞いたものですから……」

「ふむ……」

そんな風には見えなかったと思ったものの、むろん口に出したりはしない。平七郎は、しごく神妙に首を振ってみせたのであった。

儀部太神宮は、平七郎が向かおうとしている楓川の手前の地、松平越中守《まつだいらえっちゅうのかみ》の上屋敷の向かい側にあった。

五十坪ほどの小さな神社だが、これが結構繁盛していて、神社の側に出店している伊市屋の薬もまた、人目をひく鷲《わし》の暖簾《のれん》をかけて評判をとっていた。

「分かりました。では……」

平七郎は母と連れ立って八丁堀の役宅を出ると、大通りに出て西に向かい、神社の前で母と別れたが、すぐに随分手間取ったと気づき、大急ぎで弾正橋に向かったのである。

深まり行く秋を知り、風に散らされて震えている落葉を見たのは、弾正橋に急ぐ楓川沿いだった。

はたして、秀太も大工の棟梁も、橋の上で平七郎の現れるのを首を長くして待っていたようだった。

「すまぬ。遅くなった」

橋の上にかけ上がると、秀太がしかつめらしい顔をして、早速帳面を開いて言った。

「平さん。私が調べたところによると、この辺りは文化《ぶんか》三（一八〇六）年の三月四日に、芝《しば》の薪《まき》屋から出火した火が大南風《おおはえ》により広がって、神田《かんだ》あたりまで焼き尽くしているのですが、その時、この弾正橋はむろんのこと、京橋《きょうばし》も焼け落ちておりますし、この橋の向こうに見える牛草《うしくさ》橋も、右手に見える白魚《しらうお》橋も焼き尽くしておりますから、みな同じ時期に架けかえられたものと思われます。ところがこの橋だけが傷みが早いというのはどういうことでしょうか。今も棟梁と話していたのですが、当時この橋を担当した者たちが、急ぎ働きの手抜きをしたとしか思われません。けしからん話です」

秀太は話しているうちに、早くも怒りを露《あらわ》にしていた。

「まあ待て、昔のことを言っても始まらん。で、橋の傷《いた》みはどんな具合だ」

平七郎は、棟梁に顔を向けた。

「あっしが昨日点検したところによりますと、橋脚に傷みはございません。橋板はかなりとりかえなければいけませんが。あとは手摺《てすり》が少し危ないところがございましたが……」

「そうか……棟梁、かかりはどれぐらいか、また日数はどれぐらい見ておけばいいのか見積もってくれるか」

「へい。かかりについては材木商との折衝がありましょうが、日数については人数を調整すればどうにでも……」

「ふーむ」

平七郎は、腕を組んで、橋の西から東までざっと見渡した。

「平さん、この弾正橋は長さが九間三尺（約一七メートル）、幅は二間（約三・六メートル）ですからね」

秀太は、平七郎に念押ししておいてから、棟梁に言った。

「手抜きは困るが、さして日数はかかるまい。手際良くやってくれ」

「承知しました。ではあっしはこれで失礼致しやして」

棟梁は頭を下げると、半纏《はんてん》を翻《ひるがえ》して帰っていった。

「平さん、点検は棟梁とすませています。蕎麦《そば》でもやりませんか」

秀太は、木槌で橋の東袂の蕎麦屋を指した。

言うだけのことを言って、急に空腹を覚えたらしい。

「ほう、お前から誘うとは珍しいな」

平七郎は笑った。

「聞いてほしい話があるんです」

秀太は、肩を並べて歩き出すと、ぼそりと言った。

「なんだ」

「それがですね。実家の親たちが嫁を娶《めと》れなどといいまして、煩《うるさ》くてかなわんのです」

秀太は頭を掻《か》いた。

平七郎の家は代々同心だが、秀太は深川《ふかがわ》の材木商『相模屋《さがみや》』の三男坊で、捕物に憧《あこが》れて同心株を手に入れて平七郎たちの仲間になった新参者だ。

同心になれば組屋敷が割り当てられるため、秀太は同心になると同時に、役宅で飯炊き婆さんと暮らしている。

両親にしてみれば、秀太が身近にいないだけに、心配も募《つの》るようである。

「いいじゃないか。妻を娶るのは早いほうがいいというぞ」

「なにを無責任なこと言ってるんですか。平さんは私より五つも上ですよ。その平さんがまだ一人なのに、どうして私が先に……そうでしょう」

「馬鹿なことを申すな、嫁取りに先も後もない。俺はこれという相手がいないだけだ」

「そうでしょうか」

肩を並べて歩いていた秀太が、蕎麦屋の前で立ち止まって、平七郎をからかいの眼でちらと見た。

「平さんにはいるではありませんか」

「いるもんか」

「おこうさんはどうです？」

「何、おこうだと……」

平七郎は、目をぱちくりして見せた。

だが、何故《なぜ》か内心はどきりとして、

「考えたこともないな」

平七郎は、はぐらかすように言った。

「本当ですか」

「本当だ」

「武士に二言はない？」

「当たり前だ、何を言っている……そうだったのか、まさかお前は、そうだったのか……

秀太、お前がおこうをな」

平七郎はくすくす笑った。

「違いますよ、誤解しないで下さいよ。私は平さんのことを言ったまでです」

秀太は、顔を真っ赤《まか》にして口をとんがらせ、

「私は、どんな言い方をすれば両親の口を黙らせることが出来るのか、それを教えて頂きたいだけです。この仕事だって始めてまだ間がない訳ですから……そのうちにきっと定町廻りになれるという望みもある訳ですから、嫁の話はそれからです」

必死になって否定した。

その時だった。

鈴の音《ね》が聞こえてきたと思ったら、橋袂に鉢を持った小坊主が現れた。

朽《く》ちたように色が変わっている墨染めの衣に、輪袈裟《わげさ》をかけてはいるが、頭の毛は伸びて後ろで一つに纏《まと》めている。

小坊主の名は珍念《ちんねん》と言い、この春まで橋の東側にある南町代地にあった小さな寺の小僧だった。

寺といっても檀家もいない小さな寺で、そこには年老いた住職が一人でいたのだが、いつの頃からか小僧が一緒に暮らし始めたのを、平七郎たちは知っていた。

ところがこの春、その住職が亡くなったらしく、一人ぽっちになった小僧は、托鉢《たくはつ》をし

て糊口《ここう》をしのいでいるらしかった。

噂《うわさ》ではもともと孤児だったと聞いているが、住職から教わっていたのであろう、たどたどしいお経をあげて布施を乞《こ》うのであった。

時には、遠くまで托鉢して歩いているらしいが、見たところまだ十歳前後の子供のこと、月の半分は弾正橋の上に立つのだと聞いている。

「平さん……」

「うむ……」

二人は蕎麦屋の前から、小坊主の行方を追った。

はたして、小坊主は橋の上で般若心経《はんにゃしんぎょう》を唱え始めたようだった。

「出てきますかね」

秀太が言い、橋の向こう、西詰にある一軒の軒先に目をやった。

「うむ……」

平七郎も、やはりそちらが気になって見詰めている。

弾正橋は楓川が京橋川と交わる手前に架かっている。

楓川の東詰は、松平越中守や細川《ほそかわ》越中守などの大名屋敷や、通称八丁堀と呼ばれている町奉行所の御組屋敷がある土地だが、一方の楓川の西詰は、開府当時から幕府建設のために集められた商人の町並みが連なっていて、特に楓川沿いは本材木《ほんざいもく》町という名にもある通り、材木問屋が日本橋の南から京橋川まで店を連ねている町である。

橋は、この本材木町の七丁目と八丁目の境に架かっていて、二人が注視しているのは、昔油問屋だった『河内屋《かわち》』の店先だった。

軒には紺地の暖簾が翻《ひるがえ》っているが、河内屋は数年前に問屋から手をひいて、今では細々と量《はか》り売りをしている店で、何時《いつ》見ても店先はひっそりとしていた。

ところがこの河内屋には、思わず目を奪われるような、美貌の女が住んでいた。

それが店の主で、使用人はというと、口の利けない大男と、下働きをしている中年の女が一人、河内屋には合わせて三人が住んでいるようだった。

主の名は知らないが、とにかく、鶴が人になったようなたおやかな女であった。

その女が、小坊主が橋の上に立つと、きまって袖になにがしかの布施を包むようにして、橋を渡って来るのである。

二人が期待しているのはその光景だった。

秀太は前から気づいていたようだが、平七郎はこのたびの橋の修理を手がけて知った。女を見たのは二度ほどだったが、ひと目見た時から、妙に心に残っていた。

「来ました……」

秀太が押し殺した声を上げた。

橋の向こうから、地味な色の小袖の女が渡って来る。河内屋の主だった。

女は小坊主の前に立つと、ひと言ふた言、言葉を交わし、腰を落として小坊主の顔を手布で拭《ふ》いてやり、そして持ってきた物を、小坊主がささげる鉢にそっと落とした。

「ありがとうございます」

小坊主の嬉しそうな声が、風に乗って聞こえて来た。

小坊主は女に手を合わせて、お経を上げているようだった。

頑張ってねというように、女が小坊主に声をかけて、元来た西側に降りていったのはまもなくだった。

小坊主はそれで托鉢を止め、こちらの橋袂に嬉々として駆け降りて来た。

「坊主、ちょっと待て」

秀太が呼び止めて、手招いた。

「たくさんお布施を頂いたようだな」

顔を覗くようにして聞くと、

「はい」

小坊主は嬉しそうな顔を上げた。

「何を頂いたのだ」

「お金です」

「ほう……」

秀太が、鉢の中を覗こうとすると、

「お役人様、おいら、いえ、私が生きていられるのは、あの、優しいおみのさんのお陰です」

これで二日は食べられますと、珍念は言った。

「あの人は、おみのさんというのか」

女の名がおみのと聞いて、秀太の好奇心が頭をもたげたようだった。

「秀太、それぐらいにしてやれ。珍念とやら、お前はこれから何か食べ物を買い求めに行くんだろ」

「はい」

「よし、そういうことなら、蕎麦でも食うか。俺たちも今から店に入るところだ」

「でも……」

珍念は鉢の中を、勘定しているようだった。

「案ずるな。蕎麦は俺のお布施だ」

平七郎がほほ笑むと、珍念はぱっと顔を輝かせて、

「ありがとうございます」

素直な十歳の子供の声を上げた。

内与力、内藤孫十郎《ないとうまごじゅうろう》の使いだと称する若党が、立花家の玄関を訪れたのは、その日の五ツ(午後八時)過ぎだった。

平七郎はその時、月明りを頼りに庭で片肌を抜き、素振りをしていた。

「旦那様、すぐに玄関におまわり下さい」

又平が急ぎ足で伝えに来た。

内与力とは奉行が自分の家士を町奉行所の役人として据え、自身の政務を補佐させている人間である。その内与力からの使いだというので、又平は不安な表情を浮かべていた。

「分かった。すぐに参る」

平七郎は素早く袖を通して廊下に上がると、すぐに玄関に出た。

「立花様。実はお奉行様からのご伝言でございます。すぐにお出で下さいとのこと……そう言えば分かると……」

「承知しました。そのようにお伝え下さい」

平七郎が頷《うなず》くと、若党は一礼して引き返していった。

お奉行とは、北町奉行榊原主計頭忠之《さかきばらかずえのかみただゆき》のことである。

出向く先は浅草《あさくさ》の『月心寺《げっしん》』、平七郎は榊原から『歩く目安箱』としての特命を密《ひそ》かに受けており、奉行と会うのは奉行所内ではなく、月心寺と決まっていた。

歩く目安箱とは、人知れず情報を集め、あるいは調べ、奉行に報告する役目のことである。

——何かあったのか。

支度をするために部屋に引き返しながら、平七郎は考えていた。

先月も一度月心寺で奉行に会っているが、呼び出されたのは昼下がりだった。今までもずっとそうだったし、夜に呼び出されるのは初めてだった。

「母上、出かけて参ります」

居間の前で母の里絵に告げると、里絵は急の使いに不安をもっていたらしく、玄関まで見送りに出てきて言った。

「平七郎殿、お咎《とが》めを受けるような話ではないでしょうね」

「まさか、ご安心下さい。そのようなことはけっして……」

平七郎が苦笑してみせると、里絵は胸をなで下ろしたのか、

「いってらっしゃいませ」

いつもの顔で見送った。

月心寺に着いたのは、四ッ（午後十時）前だった。

坊主に案内されて離れの茶室に入ると、既に榊原は到着していて茶を喫していた。

「遅くなりました」

部屋に入って一礼すると、

「楽にしろ」

榊原は、茶碗を下に置くと、平七郎に向いた。

言葉とはうらはらに、燭台に映る表情には屈託が見えた。

「夜分に呼び出したのは他でもない。緊急に調べてほしい一件がある」

低い声だった。

「なんなりと仰せつけ下さいませ」

「ふむ……立花、そなた、同心の八田力蔵《はったりきぞう》という人物を知っておるか」

「八田力蔵……臨時廻りの八田さんですか。それなら顔ぐらいは知っています」

「そうか……その八田だ」

「八田さんに何か」

「よからぬ噂《うわさ》があるのだ。不正を働いているという……」

「まさか……私が定町廻りだった頃には、臨時廻りの八田さんという人は融通のきかぬ人だという噂がありました。その八田さんに不正があるとは……」

「実はな、数日前に博打《ばくち》打ちの弥市《やいち》という男が小伝馬町送りになったのだが、まもなく軽罪に処される筈だ。弥市は博打場で大工の八十助《やそすけ》という男と喧嘩《けんか》になって大怪我を負わせたのだ。博打に喧嘩だ。本来なら島送りになっても不思議はないのだが、大番屋で八田が口添えをして、八十助に治療代と堪忍料を払うかわりに弥市の罪は問わないという約束をさせていたらしい。取り調べた与力の話によれば、結局重い罪には問えなくなった、八田の行いは与力の差配を無視する僭越《せんえつ》な行為だと憤慨しておった。八田の、そういった処置の裏には何かあるのではないかというのだ」

「お奉行、しかし、そういう話は今までにもない話ではございません。役人は、ただ重い罪を科すばかりが能ではないと存じます。八田さんだけでなく、外回りをしている者は、似たような仲裁はやっています。事実この私も、定町廻りだった頃、喧嘩両成敗として処置したこともございます」

「八田の場合は、そんな単純な話ではないのだ」

「と、申しますと……」

「弥市が事件を起こしたのは、今回が初めてではないのだ。ところがそのたびに八田が出てきて、弥市を救っている。何度もそういう事が重なると、なぜ弥市だけが助かるのだという疑問がどこからともなく湧《わ》いてきても当然だろう。事実町《ちょう》役人から非難の声があがっているようだ。なぜ八田は弥市のような人間を繰り返し助けるのだとな」

「お奉行……」

「弥市は金を持っている人間ではない。弥市を助けて八田がなにがしかの金銭上の利を得ているとは考えられぬ。しかし何かの利得がなければ、そうまでして弥市を庇《かば》う必要はない。そこを探って貰《もら》いたい。これ以上放置すれば奉行所の威信にかかわると思ってな」

「わかりました、調べてみます」

「くれぐれも内密にな」

「承知しております。では」

平七郎が立ち上がろうとしたその時、

「立花、黒の材料を探せといっているのではないぞ」

榊原は言った。

「お奉行……」

見返した平七郎に、榊原は静かに頷いた。

灯火に映ったその目の色には、町奉行としての配下への熱い思いやりが宿っていた。

——それにしても……。

廊下を引き返しながら、なぜ人の目にとまるほど、八田は弥市という男に手心を加えるようなことをしているのだろうかという疑問が湧いた。

八田には今までにも何度も廊下で会ったことがある。

背が高く目の鋭い男だが、八田は他の同心の誰よりも、不正とは無縁の表情を持った男だった。

廉潔《れんけつ》で無欲、人にはけっして迎合しない勤めぶりは、同僚をして、つき合いの悪い奴だと言わせていた。その人物が、不正の疑いを持たれようとは、正直平七郎は意外な気がしたのであった。

二

「ひとーつ、ふたーつ、みーっつ……三十五、三十六」

牢屋敷の門前で、敲《たた》きの刑が行われていた。

石畳の上に筵《むしろ》が敷かれ、その上に下帯ひとつで弥市は俯《うつぶ》せに寝かせられ、小者四人が弥市の両腕両足を引っ張っている。

弥市が自身の意思で動かせることの出来るのは頭だけ、そうしておいて、弥市の背中に打役の同心が鞭《むち》をふるうのであった。

声を張り上げて鞭の数を数えているのは、数役《かずやく》という名の同心である。

表門の庇《ひさし》の下には、牢奉行の石出帯刀《いしでたてわき》ほか与力や目付がずらりと並んで監視し、鍵役四人と牢医師も側に控えているという物々しさである。

当然この敲きの刑はみせしめの意味も含まれていて、牢屋敷の門前には、敲きが始まると野次馬が集まって来た。

その野次馬の中に、八田力蔵の姿があった。

八田は、悲鳴をあげて刑を受けている弥市に、忌物《いみもの》でも見るような苦々しい表情を向けていた。

平七郎も読売屋の使用人辰吉《たつきち》を伴って、一部始終を見詰めていた。

「五十、五十一……」

百敲きの刑が半ばほどまで終わった時、悲鳴を上げていた弥市が、群衆の中にいた八田に気づいたようだった。

その時弥市は叫び声を上げながらも、八田ににやりと不敵な笑いを送ったのである。

「平さん……」

辰吉が、平七郎の袖を引いた。

「うむ」

平七郎は頷《うなず》きながら、弥市と八田の浅からぬ繫《つな》がりを見たと思った。

他の者には、弥市の笑いは、ただのふてぶてしさと映ったに違いない。だが、弥市は捕われの身でありながらも自身の存在を八田に突きつけた、そんな笑いだったに違いない。

事実、弥市を見ていた八田の顔には、怒りを含んだ不快の色が流れていた。

案の定八田は、弥市の視線から逃れるように、そっと野次馬から離れていった。

「辰吉……」

平七郎が辰吉の耳元に囁《ささや》いた。

「へい」

辰吉は頷くと、八田の後を追った。

まもなく、傷だらけの弥市の背中に、小者が弥市の着物を投げつけた。

「失《う》せろ」

牢役人たちは弥市を門前に捨て置いて、門の中に消えた。

半ば面白がって眺めていた野次馬も引いて行くと、弥市はよろよろと立ち、着物をひっかけると、ふらふらと歩き出した。

尾行する平七郎の脳裏には、今度の事件で最初に弥市をしょっぴいた、同心佐原恵一郎《さはらけいいちろう》の手下、岡っ引きの直治《なおじ》の言葉が蘇《よみがえ》った。

「立花の旦那、旦那だから申しやすがね、弥市という男は、相当な悪《わる》ですぜ。博打場が根城のような男ですが、奴は店の旦那衆を博打に誘い、イカサマをやってるという噂もあります。奴とつきあったばっかりに店を潰《つぶ》した商人もいるんでさ。弥市は昔は油の仲買人をやってたっていうんですがね、近頃はいっぱしのやくざです。こんどこそとあっしも縄をかけたんですが、百敲きで逃げられそうです」

直治は唇を噛《か》んだ。

直治が調べたところでは、今度の喧嘩は、一方的に弥市がふっかけた喧嘩であって、けっして罪を軽減する余地のない事件だったと言った。

ところが番屋に引っ張ると、弥市はすぐに八田の旦那を呼んでくれと言ったらしい。

同僚の名を名指しで言われた佐原は、ほうってもおけず八田を呼んだ。

すると八田は、弥市が大番屋に移されて、担当与力の吟味《ぎんみ》が始まる前に、被害者の大工の八十助と話をつけてしまったのだと言う。

悔しいだろうが、弥市を島送りにしたところで何の得にもならぬ。それなら、金を貰った方がお前のためではないか。以後は絶対、このようなことのないように、俺が釘を刺しておく。

八田のそんな説得で、大工の八十助は手を打ったのだと、直治は言った。

直治は、八田の名をあげて非難することはなかったが、その顔には八田に対する憤《いきどお》りがありありと見えた。

「弥市の後ろには黒幕がいる。あっしはそう睨《にら》んでいるのですが……」

直治は最後にそう結んだのである。

「とっとと消えな。ここはお前の来るところじゃあねえ。迷惑だ。いいか、弥市、言っておくぞ。今後、うちの旦那に二度と助けを求めるんじゃねえ。今度は俺がゆるさねえ、わかったか」

一刻後、弥市は小舟《こぶな》町にある飲み屋『よしの』の店先で、よしの亭主妻八《つまはち》にたたき出された。

妻八は八田力蔵から十手を預かっている岡っ引きである。

百蔵きにあったばかりの弥市は、さすがに歯向かうことも出来ず、舌打ちすると、よろよろと引き返した。

「およし、塩、持ってきな」

妻八が奥に向かって怒鳴った。

すぐに女房のおよしが、塩壷を持って出て来ると、妻八はむんずとつかんで、塩を思い切り表に撒《ま》いた。

だがすぐにその顔が、緊張した。

「これは旦那、妙なところをお目にかけやして」

妻八は、突然現れた平七郎に、びっくりしたようだった。

「八田さんは来ているのか」

平七郎は、店の中を覗くようにして言った。

「いいえ、今日は……」

「そうか、俺は橋廻りの立花と申す者だが」

「存じておりやす。黒鷹と呼ばれなすった、あの立花の旦那でござんすね」

意外にも妻八は、平七郎が定町廻りだった頃、黒鷹と呼ばれて奉行所内でも一目おかれていたことを知っているようだった。

平七郎が苦笑して頷くと、

「どうも……うちの旦那が、立花様のことは、たびたび褒めていなさったものですから……で、うちの旦那に何か」

「いや、八田さんではなくて、お前さんに聞きたいことがあるのだが、そこまでつき合って貰えぬか」

「あっしに？」

妻八の顔に緊張が走った。

百敲きの刑を受けた弥市が、まっすぐこの店を訪ねてきた時、平七郎は妻八も弥市と格別の繋がりがあるのではと疑っていた。

しかし妻八は、弥市を強い態度で追い返した。塩を撒くほど嫌がっている。

――ひょっとして妻八なら、何かしゃべってくれるかもしれぬ。

平七郎は、咄嗟《とっさ》にそう思ったのである。

はたして妻八は、神妙に頷くと、店の中にいったん入り、

「八田の旦那がお見えになったら、ちょいとやぼ用で出かけているって言ってくんな。間違ってもこちらの旦那と一緒に出たなんて、言うんじゃねえぞ」

女房のおよしに、釘を刺した。

そうして妻八は、黙って平七郎の後に従った。

平七郎は、小舟町と伊勢《いせ》町の間に架かっている中の橋を渡ると、橋袂の蕎麦屋『喜安《きやす》』に入った。

中の橋は伊勢町堀に架かっている橋で、同じ堀に架かっている道浄《どうじょう》橋や荒布《あらめ》橋に点検に来た時には、喜安はよく利用している店だった。

平七郎は、喜安のおかみに言って、二階の小座敷に上がった。

小女《こおんな》が茶を運んで来ると、話が済むまで入室を禁じ、蕎麦は後で頼むと言った。むろん小女に、懐紙に包んだ小粒を握らせたのはいうまでもない。

「旦那、弥市のことですね」

小女が階下に降りるとすぐに、妻八の方から聞いてきた。

「うむ……」

「それで……八田の旦那を、疑っていなさるんですね」

「いや、それは違う。いいか、妻八。橋廻りの俺がなぜこんな余計なことをするのか……そのいきさつは今は言えぬが、だがこれだけは言っておこう。俺は八田さんの身を案じている。これだけは確かなことだ」

平七郎は妻八の目をぴたりと捉えた。まずは本音をさらけ出す。それが話を聞き出す一番の近道だと、平七郎は信じていた。

「立花様……」

「おまえさんだって迷惑しているんだろ、弥市のことは」

「へい……あっしはともかく、いやね、立花様もさきほど御覧になったように、あっしの場合は、弥市は八田の旦那に会わせろなどとつきまとうだけですから、ああして叩き出せば済むんですが、八田の旦那は……」

妻八は言い淀んだ。だがすぐに、

「何とかならねえものかと気をもんでおりやした。八田の旦那が苦しんでいるのを、これ以上見たくありやせん」

憂いのある目を向けてきた。

「するとなにか、八田さんは弥市に脅《おど》されでもしているのか」

「あっしの勘です。しかしうちの旦那は、目の前に何両積まれたって不正をするお人ではございません。それはあっしが身をもってよく知っておりやすから」

妻八は目を丸くして睨んで来た。

「うむ」

平七郎が頷くと、妻八はほっとした顔をみせたが、

「ただ、弥市のことは、このあっしにだって分からねえことだらけでございやす……八田の旦那と弥市とは、あっしの知らねえ昔から知りあっていたようでございやして」

妻八は、顔を曇らせた。

妻八が八田から十手を預かったのは三年前だが、弥市が一年前に八田の前にふらりと現れた時、八田は妻八が見たこともないような、嫌な顔をしたのだという。

「それからです。弥市は何かことを起こすたんびに、八田の旦那を呼び出すんでございやす。なんであんな男に手を差し延べるのかと、一度尋ねたことがあるんです。でも、お前は関わらないほうがいい、そうおっしゃって、何も話してはくれなかったのでございやす」

「……」

「昔は、隠しごとなどしない、もっとおおっぴらな人だったというのですが……」

妻八は、溜め息をついた。

同じ臨時廻りの永田《ながた》という同心の手下で、岡っ引きの金次《きんじ》から妻八が聞いた話では、八田は、女房と別れてから人が変わったというのであった。

「何、八田さんは離縁していたのか」

「へい。あっしが十手を預かる前に、離縁なすったようでして……」

「……」

「美しい人だったそうです。別れたのは突然だったと聞いています。その後何度も再縁の話はあったようなのですが、八田の旦那は聞く耳を持たなかったようですから……ですからきっと旦那は別れたご新造さんをいまだに……」

妻八は、そこで声を詰まらせた。そして話を継いだ。

「いまだに、別れたお人を忘れられずにいるのです。あっしには、そうみえます」

「……」

ちーんと鼻をかみ、

「黒鷹と呼ばれなすった立花様なら万に一つの間違いもねえ。あっしの方から立花様にお願《ねげ》えして、うちの旦那に不正のこれっぽっちもねえことを、証明して頂きてえものだと考えていたところでございました」

妻八は、縋《すが》るような目で言った。

三

「何だ、なんだ。何が分かったというのだ、秀太」

平七郎は、読売屋『一文字屋』の長火鉢の前に座ると、平七郎の手を引くようにして連れて来て、自身も長火鉢の前に座った秀太に聞いた。

「だから、弾正橋の、あの女の人のことですよ。おこうさんも聞きたいでしょ」

秀太は、茶器を引き寄せて、茶を入れようとしているおこうに言った。

「この間の、あの綺麗な女の人のことですね」

「そう……私なりに調べてみたんですよ」

と、今度は平七郎を見て、にやりと笑った。

「いいから、早く話してみろ」

「実はですね、おみのという人は、兄の河内屋宗次郎《そうじろう》が油問屋として店を張っていた頃に、一度嫁に行ったらしいのです。ところがなにがあったのか離縁されて戻ってきた。で、まもなくして兄が自殺して油問屋を廃業、それで細々と暖簾を守って暮らしているということでした」

「平塚様、なぜ河内屋さんは問屋を廃業したのですか」

「さあそれは……」

「多額の借金があったとか、そういうことかしら」

「……」

「問屋を廃業したにもかかわらず、細々と商いを続けているのは暖簾を守るためだけかしら」

「おこうさん、読売屋の取材じゃないんですから」

「すみません。でも、ちょっと気になったんです。暖簾を守るだけならば、店を手放して他の地に小さな店を構えればよさそうなものでしょ。あの辺りだと、店の沽券《こけん》の値段だって相当なものですから、店を売れば、そんな細々とした商いをしなくっても、女一人食べていけるではありませんか」

「多分それは、宗次郎さんに恩義を感じているからだと思いますよ」

「恩義って……お兄さんでしょ、自殺した宗次郎さんは」

「それが、おみのさんは養女だったらしいんです。宗次郎さんという人は、おみのさんを妹として家に入れ、それで嫁にやっています。嫁ぎ先が同心だったといいますからね」

「秀太、同心とは八丁堀のことか」

平七郎が、驚いて聞いた。

「多分、それが何か」

秀太は、平七郎の顔に険《けわ》しいものを見て、怪訝《けげん》な顔をした。

だが、険しい顔をしているのが平七郎だけでなく、おこうもそうだと気づいた秀太は、

「なんなんですか二人とも……何か気にかかることがあるんですか」

「そりゃあ気になるだろう。八丁堀の同心といえば、俺たちの仲間じゃないか。あれだけの美貌の女を離縁するなんて、そうだろう」

「まあ、それはそうですけど」

「あんな美しい女房を離縁するなんて、その馬鹿な同心の名は、なんというのだ」

「平さん、またまた……」

秀太は苦笑すると、

「そこまでは私も……これは捕物ではないんですから」

「そりゃそうだ」

平七郎も笑った。

「ということで、私はこれで」

秀太は、二人に次々と調べの不備を指摘され、そそくさと帰って行った。

「気を悪くなさったのかしら」

「気にするな。おふくろさんが今日は役宅に来ると言っていたからな。嫁を娶れとうるさいらしい」

「まっ」

おこうは、くすくす笑った。

秀太がおこうに好意を寄せていることを平七郎が知ったのは、不覚にもつい先日だが、肝心のおこうは秀太の気持ちなど、微塵《みじん》も気づいていないようだ。

改めておこうを見詰めてみると、小娘の頃にはなかった大人の色気が窺《うかが》える。

小さな花びらを思わせる可憐な唇、口元に添える透き通るような白くて長い指、襟元から覗く輝くような白い肌、どれをとっても、女として成熟した美しさを備えていた。

「ふむ」

平七郎は、秀太のおこうへの思慕を知ったことで、初めておこうを女として見たような、そんな気がした。

　そう気づいた瞬間、平七郎の胸の奥で何かが蠢《うごめ》いた。

　思わぬ心の変化に戸惑って、ふっと首を回した時、辰吉が帰って来た。

「平さん、こちらにいらしたんですか。丁度良かった」

「何か分かったか」

「へい、まず順を追って申しますと、八田様ですが、ずっと『利倉屋《りくら》』を張り続けています」

「利倉屋？　何者だ」

「富沢町《とみざわ》にある古着屋です。主は仁兵衛《にへえ》という者ですが、出入りしている人間の中には、昨日今日牢屋から出てきたような、目つきのよくねえ野郎がおりまして」

「ふむ」

「弥市も、その中の一人です」

「そうか……」

「弥市は、牢を出た後は利倉屋に居候《いそうろう》をしている様子です。もっともそのことが知れたのは昨日のことですが、夕刻の六ツ（午後六時）過ぎ、外が暗くなりはじめた頃でした。店の横手からふらりと弥市が現れまして、それを八田様が尾行して、大通りに出たところで呼び止めました。八田様は何か厳《きび》しく言い含めているようでしたが途中から弥市は開き直ったような態度で、逆に八田様を脅しているようでした」

「話の内容は聞かなかったのか」

「少し距離があったものですから……弥市は、捨て台詞《ぜりふ》を八田様に投げつけて去りました。引き返して来た八田様が、物凄い怖い顔をして、あっしの前を通り過ぎていきました。余程気に障《さわ》ることを言われたのだと思います」

――弥市の奴は、何をネタにして、八田さんを脅しているのだ……。

妻八も、八田が脅されているのではないかという懸念を持っていた。辰吉も同じような現場を見たとなると、二人はただの、同心と博打うちという間柄ではない。

二人は、人には言えない何かを共有しているに違いない。

いつからそういうことになったのか、妻八の話から考えられるのは、妻八が十手持ちになる以前、つまり三年以上前に何か二人の間にあったということになる。

――それが何か……。

本来八田は情に厚く、一方では、こうと思ったら不抜の意志を持っている男でもあった。同心として均衡のとれた人物だという定評があった。

その八田が、つまらぬ男とかかわって苦しんでいる。

暗い顔をして家路に向かう八田の姿を思うにつけ、平七郎は同じ同心として胸が痛んだ。

「力蔵殿……」

帰宅した八田力蔵を待っていたのは、重苦しい顔をした母の多喜《たき》だった。

力蔵は無言で多喜の後に続き、座敷に座ると、

「母上、登美《とみ》のことですね」

向かい合って座るなり多喜に聞いた。

またかといういまいましい思いがあった。

登美とは、今年十三歳になった力蔵の娘のこと、別れた妻が残していった一人娘で、この五年間多喜を頼りに養育してきた。

つい半年前までは、登美は利発で愛らしく、力蔵の自慢の娘であった。

ところがこのごろ、登美は力蔵や多喜に反抗を繰り返し、手を焼いているのである。

母の多喜は、登美が大人の女になったことを密かに伝え、

「体の変化で、情緒が不安定になっているのですよ」

などと言ったものだから、しばらく様子を見ていたのだが、それも違うようだと分かった時には、登美はもう人の話に耳を貸すどころか、些細《ささい》なことにも乱暴な言動をするようになっていた。

力蔵が勤めを終えて帰路につくたびに、哀しげな母の顔に迎えられるのではないかとい

う不安と苛立《いらだ》ちに襲われた。

――今日一日、聞き分けのよい可愛らしい娘であってほしい。

門戸を開けて役宅に足を踏み入れる時、力蔵は祈りたいような気分になる。

はたして今日も、力蔵の祈りも空《むな》しく、出迎えてくれた母多喜の表情に愕然《がくぜん》としたのである。

近頃では、力蔵や多喜に反抗するだけでなく、登美は家の使用人にまで八つ当たりする始末である。

つい先日も、菊枕にするために摘《つ》み取った菊の花を、縁側に敷いた茣蓙《ござ》の上に並べていたのを、下男の粂吉《くめきち》が移動させたと言い、登美が怒り出した。

菊枕は登美が幼い頃に、別れた妻が登美の健康を祈って、毎年作っていたものである。

庭の一角に色とりどりの菊を植え、秋も深まる頃に花を摘み、日陰干しにして菊枕を作るのだが、妻が八田家からいなくなって、その行事も絶えていた。

登美の記憶の中に、仄《ほの》かに薫る菊の香が母を思い出させたらしく、登美が突然菊枕を作るのだと言い出して、この春、下男の粂吉や台所仕事をしてくれているお常《つね》も手伝って、盛大に菊を植えていた。

その菊の花が見事な花をつけ、登美はひさしぶりに女の子らしく、竹籠を手に花を摘み取った。

そうして多喜にも尋ねたりして、日陰干しにするために、縁側に干してあったのである。

登美は、大切な菊の花を、断りもしないで移動させたことを責めた。

粂吉は、登美に謝りながらも、秋の西日から守るために、場所を変えたのだと言ったのである。

「言い訳はいりません」

激昂した登美は、いきなり粂吉をぶったのである。

さすがの力蔵も黙っていることも出来なくなって、登美をつかまえて頬を張った。

登美は頬を押さえて泣き崩れたが、ひと泣きすると、きっと力蔵をにらみ据えて、自分の部屋に駆け込んだのであった。

粂吉は父の代からの奉公人だった。

力蔵が粂吉に謝ったのはむろんだが、粂吉も家の事情を知っているだけに、登美の心が荒れるのを悲しんで泣いてくれたのである。

その騒ぎから、十日もたってはいない。

力蔵は大きな溜め息をつくと、覚悟を決めて母の多喜を見た。

「力蔵殿。けっして激昂せぬと約束を……」

「母上、今更なにを……はっきり、おっしゃって下さい。私は何を聞いても驚きは致しません」

多喜は力蔵の目を捕らえたまま頷いた。表情には、いつになく張り詰めたものが見受けられる。多喜は、大きく息を吸うと、

「力蔵殿。登美ですが、西両国《りょうごく》の紅屋『京楽《きょうらく》』さんの店先で、あの辺りを徘徊し、ゆすりたかりをしている不良娘たちと喧嘩をして、番屋に保護されていると連絡がございました」

「何と……母上、登美が不良娘たちと喧嘩をしたと……」

顔から血の気が引いていくのが、はっきりと知れた。

「しかしなぜです。登美は、両国になぜいたのですか。今日は遠藤《えんどう》先生のところではなかったのですか」

遠藤先生とは、御組屋敷が並ぶ北島町《きたじま》に住む手習いの師匠のことである。場所が場所だけに、町奉行所の与力同心の師弟が多く通っている私塾であった。

力蔵は、登美が十歳になった頃から通わせていた。

「それが、あなたには言わないでおこうと思ったのですが、ここしばらく、お休みしているのです」

「母上、登美は、とんだあばずれになりましたな」

ののしりたい気持ちで、立ち上がった。

「迎えにいって参ります」

「お待ちなさい。番屋からのお使いが参りました時に、丁度妻八さんが参っておりまして、わたくしの代わりに登美を迎えに行ってくれました。まもなく連れ帰って参る頃かと存じます」

多喜は止めたが、じっとしていられる訳がない。

事と次第によっては、これでお役も返上しなければならなくなる。

力蔵は足音を立てて、玄関に向かった。

するとその時、木戸の開く音がしたと思ったら、

「さあ、登美さま」

妻八に手をひっぱられるようにして、登美が帰って来た。

「登美、お前という奴は、何をやっているのだ」

力蔵は声を荒らげた。

「旦那、十分反省しているようでございますから」

「妻八、お前は黙っていてくれ」

「登美さまは、被害者だったのでございますよ。お金を巻き上げられようとして争いになったのだそうでございやす」

「どうあれ、そのような場所に、ばば様にも告げず行くからだ。今日はつくづくと見損な

ったぞ」

　力蔵の言葉に、登美がきっと顔をあげた。

「なんだその目は」

「父上は……父上はそうやって、自分勝手に怒鳴り散らして、母上を離縁したのですか」

「何……」

「それとも、母上の出自が賤《いや》しくて、女郎をしていたからですか」

「登美、黙れ！」

　力蔵は、妻八の手前もあって、黙らせようとして声を荒らげた。

「登美にはなんにも教えてくれなかったから、どうして母上は離縁されたのか、ずっと考えてました。そしたら、手習い所で母上のことを言われてからかわれて……」

「誰がそんなことを言ったのだ」

「誰でもいいじゃない。その上、父上は悪い人に手心を加えているって言われました。そんな両親の娘だからって、ひそひそ陰口たたかれて……」

「登美、お前は、そんな噂を本気にしているのか。お前は、私が、この父が信じられぬのか。父がどんな志《こころざし》をもってお勤めに励んでいるのか、側でみていて分からぬのか」

「妻八さんにも言われました、お父上を信じなさいと……でも、でも、母上のことを考えると、私には父上という人がわからなくなるのです」

登美の目に涙が膨《ふく》れ上がった。

透明で、あどけなくて、心細げな涙の玉が、黒い瞳を覆《おお》い尽くして揺れている。

五年前、別れ際にみせた妻の涙顔と重なって見えた。

「登美……」

「父上……それに、どうして弾正橋を渡ってはいけないのですか。あの橋の向こうに母上がいる、だからでしょう?」

「登美、お前は」

「知っていました、わたし……母上があの橋の袂で暮らしていることを……」

「……」

「どんな母であろうとも、登美にとっては母は母です。登美は、母上にお会いしたい……母上と暮らしたいのです」

登美は、わっと泣いて顔を覆うと玄関にかけ上がり、力蔵を突き飛ばして奥に駆け込んだ。

「登美……」

力蔵はそこに膝をついた。

四

「妻八、今なんと申した」

平七郎は、木槌を懐に玄関を出たところで、木戸門から飛び込んで来た妻八の言葉を聞いて驚いた。

「八田さんが遠慮を申し渡されたとは、どういうことだ」

平七郎は念を押すように聞き返す。

「へい。弥市殺しの下手人がはっきりするまで、勤めるにおよばず、遠慮せよと」

「馬鹿な……」

平七郎は思わず叫んだ。

弥市が何者かに殺されて、松平越中守の上屋敷そばの河岸で発見されたのは一昨日《おととい》のことである。

発見したのは秀太だった。

弾正橋を修理している関係から、秀太は楓川に架かる他の橋も見回っていたのだが、越中殿橋の橋の上から川の両脇に伸びる河岸を眺めていた時、東側の岸に木切れや塵《ちり》あくたが一か所にたまっているのが目に留まった。

すぐに河岸地に下りて、確かめに行ったところ、木切れにひっかかって浮遊していたごみの中に、弥市の死体を発見した。

遺体はすぐに番屋に運んだが、定町廻りが来るまでに、平七郎は弥市の体を検分した。弥市は腹を刺されていたが、多量の水を飲んだ形跡もあり、まだ生きているうちに、川に投げ込まれたようだった。

その調べが始まったばかりだというのに、あろうことか奉行所は弥市殺しに八田力蔵が関与していると踏んだらしい。

力蔵が弥市とかかわりがあったという噂を鵜呑みにした定町廻りが、早々に上役に申し上げてとった処置に違いなかった。

なんの証拠もなしに結論を急ぐ今の定町廻りには、憤りさえ感じる平七郎である。

それでは、八田力蔵が犯人扱いされているのと変わりないではないかと思ったのである。

「で、今八田さんはどうしているのだ」

「へい、上役から遠慮を申し渡されたのが昨夜のことですので、本日から役宅で足留めとなっておりやす。八田の旦那は、是非、立花様にお願いしたいことがあるとおっしゃいまして、それであっしがお訪ねした次第です」

「何……私に頼みたいことがある？……八田さんが確かにそう言ったのか」

「へい」

頷く妻八を見て、

――はて……。

平七郎は緊張した。

八田力蔵とは同輩として奉行所内で顔を合わせるだけで、これといってつき合いもない仲だった。

ところがその力蔵から、俺に頼みたいことがあると言ってきた。

平七郎は不意をつかれた思いだった。

――もしかして、八田は俺の監視に気づいたのだろうか。しかしそれならそれで逃げ隠れする訳にはいかない。

――ともかくも、会ってみることだ。

平七郎は腹をくくった。

「分かった。すぐに参ろう」

――それにしても、八田さんを押し込めるなど乱暴すぎる。

平七郎は、妻八の後に従いながら、そう思った。

少なくても、あの榊原奉行の意向で行われたものでないことは確かだった。

――お奉行は、俺を信用して、黙って見ているに違いない。

平七郎は奉行の熱い思いと、力蔵の苦しい心中に思いを馳せ、身の引き締まる思いであった。

はたして、力蔵の役宅に赴くと、家の中は重苦しい雰囲気に包まれていた。

玄関をあがって力蔵の居る部屋へ妻八に案内されたのだが、部屋のどこからも人の息遣いが感じられなかったからである。

玄関から縁側に出たところで、せき込む声を聞いた。妻八の顔をみると、

「旦那のお母上様が、悲しみのあまり伏せってしまわれまして」

妻八は振り返って言った。

「立花様をお連れしました」

縁側に面した部屋の前で、妻八は平七郎の来訪を告げた。すると、見台に向かっていた力蔵が顔をまわして一礼し、

「ご足労をおかけして、恩にきます」

見台を部屋の隅に押しやると、座を立って、平七郎を部屋の中に誘った。

改めて着座すると、

「八田力蔵です、貴公とは膝を交えて語らうのは初めてですが……」

苦しげな顔を向けた。

力蔵は今朝は髭《ひげ》を剃らなかったようで、どことなく顔全体から生気がそがれてしまった

ように見える。

「心中、いかばかりかと……」

平七郎は、言葉を呑んだ。

頷いた力蔵の表情が、瞬《また》く間に緊張していくのが見えた。

力蔵は、意を決するように言った。

「実は、私にかわって捕縛してほしい人間がいるのだが……」

迷いのない確固とした物言いだった。

「誰ですか、誰を捕縛しろと?……」

平七郎は、緊張した面持ちで聞き返す。

「利倉屋です」

「利倉屋……」

「貴公は、読売屋から聞いているのではありませんか。私が利倉屋を張り続けていたことを……」

「八田さん……」

平七郎は驚いていた。力蔵は、平七郎が読売屋の辰吉に言いつけて、自分の周辺を見張っていたことにやはり気づいていたらしい。

力蔵は、平七郎が言葉を濁すのをみて、

「橋廻りである貴公が私を監視していたいきさつ、おおよそ見当はついております。お奉行の智恵ではありませんか……そうでしょう。悪評もここまでくれば、放っておかれる訳はないのですから……」

八田は苦笑してみせた。だがすぐに、

「実は利倉屋ですが、明後日の夜に上方から荷が届きます。その荷を押さえるのと同時に、利倉屋一味を捕縛してほしいのです」

と言ったのである。

「荷物の中身はなんですか」

平七郎は緊張した。かつて定町廻りとして活躍していた緊迫感が、ひしひしと迫って来る。

「中身は、反物です。しかし、すべての品が出売出買に類する密売買品です。しかも、偽特産品も大量に混じっている筈です」

出売出買の品とは、問屋を通さずに売買する物のことをいい、偽特産品というのは、特産品でもないのに、その商号を勝手につかって売買する品のことである。

「立花さん、私が利倉屋に目をつけたのは、弥市が買ってほしいと持ってきた反物でした。品物は縮緬でしたが、弥市はその品を浜縮緬だと言い、一反三両だと私に言ったのです。安い買い物だと」

「三両で安い買い物ですか」

平七郎はふと、母里絵に買った反物の値段を思い出していた。

——あれは、二反で一両二分だったと……。

「立花さん。浜縮緬だと、いっときは一反五両はしていましたよ。それを三両だというのですから……私は母には苦労をかけています。弥市からその縮緬を買ったのです。ところがです。母が反物の切れ端に押してある印が、浜縮緬ではないと言い出したのです。母は昔買い求めていた縮緬地の切れ端を持ち出して来て、これが証拠だと……確かに、反物に押してある印は、微妙ですが違っていました」

「八田さん。浜縮緬のことはよくは知りませんが、その印というのは、つまり品質を保証する……」

「そうです。浜縮緬は高級品です。それだけに、彦根《ひこね》の長浜《ながはま》から出荷する際に、品質、数量などを吟味して、間違いなくこれが浜縮緬だという奥印を押すのです。御公儀も認めている特権です。で、その印を押すのが昔から近江屋喜兵衛《おうみやきへえ》と決まっておりまして、近江屋の印がなくては抜け荷として扱われます」

「弥市が持ち込んだ品は、抜け荷だったんですか」

「そういうことです。立花さん、今府内のあちこちでは、特売品だといい、偽物が横行しています。それらのほとんどは、法の網をくぐって入ってきた品です。利倉屋たちが横流した品ですよ」

世の景気が下降状態になってきた為に、だれもが贅沢《ぜいたく》をしていた時代につくっていた品が、反物にかぎらず抜け荷で入って来て江戸の市場を混乱させているのだと、力蔵は言った。

――ますます母には、特売品などと言えなくなったな……。

平七郎は、嬉しそうに着物を見せびらかしていた里絵を思い出して、つい苦笑したくなるのを押しとどめた。そしてきっぱりと言った。

「承知しました。やってみましょう。ただし」

平七郎は、改めて力蔵を見た。

「その前に、はっきりさせておきたいことがあります。なぜあなたが、弥市と格別の間柄にあったのか、そのいきさつを教えて頂きたい」

「……」

「重罪になるべき罪を、百敲きで済むようにしてやったのはなぜか」

「それは……」

力蔵は一瞬言いよどみ、

「利倉屋の悪を知っている弥市に、いざという時には証言させようと思ったからです」

「しかし八田さん、あなたは弥市殺しに関与しているのではないかと疑われて、ここにこうして、出仕遠慮の扱いを受けている。いいかげん、全てを話してくれてもいい時でしょう」

「立花さん」

「あなたは、弥市から脅されるような関係にあった……そうではありませんか」

「……」

「何が原因ですか。あなたの潔白を信じ、一刻も早く現場に復帰してほしいと願う私や、妻八や、そしてご家族のためにも話して貰えませんか」

「……」

「八田さん、先日両国橋袂の紅屋で、こちらの娘さんが、からまれて強請《ゆす》られたことがあったようですが、私の聞いたところでは、娘さんが何といって強請られていたかご存知ですか……あんたの親父に金を握らせれば、強請りたかりなど無罪にしてくれるんだろ……そう言われたのだと聞いていますよ」

「まさか……」

「娘さんのためにも、いや、臨時廻りとしても、はっきりするべきではありませんか」

「……」

「八田さん」

厳しく問い詰める平七郎の前に、力蔵は、言葉を失ったように見えた。

平七郎は梃《てこ》でも動かぬ決心で、力蔵の眼を捕らえていた。

力蔵の眼は焦点を失っていた。その眼を宙に泳がせながら、平七郎の肉迫に耐えているようだった。

だが、やがて……。

「立花さん……」

がっくりと肩を落として、呟《つぶや》いた。

「まずは、私と私の妻のことについて話しておかなければなりません。私の妻は、橋廻りの貴公ならご存じかと存ずるが、弾正橋の西詰にある河内屋の養女でした」

「河内屋……すると、昔油問屋だったというあの河内屋ですか。では、今あの店の暖簾を守っているおみのさんというのが」

「私の妻だった女です」

「なんと」

平七郎は驚愕した。

橋の上で托鉢をする小坊主に、走りよって布施を渡している、美しい女の姿が頭を過った。

だが、次の言葉は、平七郎をもっと驚愕させるものだった。

「みのは、実を申しますと、深川仲《なか》町の切見世《きりみせ》の女郎でした」

「八田さん」

「まず、そこから話をしなければ、納得しては貰えぬと存ずるゆえ……」

力蔵は顔を上げると、重い口を開いたのであった。

それによると河内屋は、父の代から親しくしていた商人で、後におみのの兄となる宗次郎とは幼い頃から兄弟のような仲だった。

その宗次郎と連れ立って、深川の切見世に女を買いに行ったのは十五年前のこと、宗次郎も力蔵も共に父を亡くして、跡目をついだ頃だった。むろん二人とも独身だったが、力蔵にとっては初めての体験だったのである。

深川の仲町を行ったり来たりして、結局、宗次郎が一度だけ上がったことのあるという切見世に二人は上がった。

その切見世で力蔵と一夜を過ごしてくれたのが、松風《まつかぜ》と名乗っていたおみのだった。

通常ならそれで切れる筈の二人の仲が繋がったのは、力蔵が松風の部屋に財布を忘れたことによる。

諦めろ、もうある筈がないよ……宗次郎はそう言ったが、力蔵は数日後に松風を訪ねて行った。

すると、財布はあったのである。

松風が大切に保管していてくれたのであった。

女郎とはいえ、その心映えにすっかり惚《ほ》れてしまった力蔵は、松風を妻にしたいと考えるようになっていた。

不浄役人、同心とはいえ力蔵は武家である。

女郎の松風を妻に迎えるなど、出来ない相談だった。

だが、二人の切ない心情を知った宗次郎は、松風を身請けして養女とし、自分の妹美野として力蔵のもとに嫁がせたのであった。

ところが、娘の登美も生まれて順風な日々を送っていた五年前、義兄となっていた宗次郎から力蔵は緊急の呼び出しを受けた。

その日は美野が河内屋に帰っていたために、美野のことで呼び出されたのかと思っていたら、そうではなかった。

河内屋に赴《おもむ》くと、真っ青な顔をした宗次郎と美野に迎えられ、奥座敷に案内された。

そこには、凝然として座す、あの弥市と、別の男の死体が一体転がっていて、その側には下男の吾助《ごすけ》が座っていた。

「これはいったい……」

驚愕する力蔵に、宗次郎は説明した。

弥市も死体の男亀蔵《かめぞう》も、ともに河内屋に出入りしている油の仲買人、ずっと摂津《せっつ》の上質の菜種油を買いつけてくれていたのだと……。

ところが突然、今日以後は他の店におさめるのだと言い、今までと同様に買いつけを頼みたいのなら、仲介料を上げてほしいのだと勝手なことを言い出した。期日に猶予があって申し出るのならばともかく、宗次郎にしてみれば、明日から早速商いに困る。

宗次郎は、これは弥市が仲介料をつり上げるための策だと考えた。そういうことなら問屋仲間に訴えて、この江戸では仲介の仕事が出来ないようにしてやると反撃したのである。

実際、そういう話がない訳ではなかった。弥市のような仲買人に甘い顔をみせれば、いくらでも仲介料はつり上がる。

問屋には問屋の結束があるのである。

宗次郎は、座を立って廊下に出た。弱腰は見せられなかった。

ところが、弥市は卑劣な奥の手を用意していた。

宗次郎の養女となり、力蔵の妻となった美野の前身を知っていたのである。

「いくらくだけた八丁堀の旦那とはいえ、女房が遊び女だったと知れちゃあ世間にも納得してもらえねえんじゃないのかね」

などと弥市がうそぶくと、続けて亀蔵が、

「澄ました顔をしているが、昔はこんな風に男に弄《もてあそ》ばれて、よがり声をあげていたんだろ、えっ？」

　みだらな手つきで、美野のうなじに触った。

「やめろ！」

　宗次郎が亀蔵に飛びかかった。

　揉み合って、がつんという鈍い音がしたと思ったら、亀蔵はたたらを踏んで庭に落ち、二度と立ち上がれなくなっていたというのであった。

　宗次郎から一部始終を聞いた時、さすがの力蔵も途方にくれた。

　そんな力蔵に、弥市はぬけぬけと言ったのである。

「いかがでございましょうか。八丁堀の旦那が証人となって、みな、まるくおさまるような決着にしようじゃありませんか」

　弥市は、亀蔵の遺族と自分に、三十両ずつ内済金として出してくれないかと言ったのである。

　宗次郎を罪に陥《おとしい》れても一文にもならない。なにがしかの金を貰ったほうが、亀蔵の遺族だって喜ぶし自分も助かると、弥市はそう言ったのである。

　弥市の申し出に乗るしかなかった。実際、貧しい市井《しせい》の人たちの間では、そういう決着のつけ方もないことはない。八田は自分にそう言い聞かせた。

　宗次郎が六十両の堪忍料を出し、力蔵は事件を決着させたのであった。

そのかわり、美野の前身については、いっさい口外しないという約束を弥市と取りつけた。

ところが、半年もたたないうちに、弥市は宗次郎を脅し始めた。

それを知った美野は、力蔵に離縁してほしいと頼んだのである。

美野が八田家にいるかぎり、早晩八田も被害を受ける。我が身のことで、力蔵の将来を、ひいては八田家の存亡を問われるのは、美野には堪え難いことだった。

「もうわたくしのことは忘れて下さい。登美には、あの橋は渡らぬように厳しく言いつけて下さいませ」

美野の別離の言葉だった。

そうして美野は、河内屋に戻り、宗次郎を助けることに専念した。

弥市の脅迫から、宗次郎を守り、八田家を守るためにはこれしか方法はないと、美野は覚悟したのだった。

しかし弥市は、宗次郎を脅し続けて金を巻き上げ、宗次郎が自殺して問屋としての店も閉じると、今度はその矛先を力蔵の方に向けてきたのであった。

ただ、力蔵を脅したところで宗次郎のように金が出てくる訳ではない。

そこで弥市は、事件を起こすたびに、力蔵を呼びつけて、この俺にも目こぼしをしてくれなどと迫ったのであった。

しかし力蔵は、そんな関係を弥市と続けながらも同心としての職務を忘れたわけではなかった。ひそかに、弥市がかかわっている抜け荷の事件を探っていたのである。

弥市はいずれ一味と一緒に捕縛する。それまでは相手を油断させるためにも知らぬ顔をしていた方がいい、力蔵はそう思っていたというのであった。

「偽りはござらぬ。それが全てだ」

力蔵は言った。その表情からは、すべてを吐露した後の安らぎがみえた。

その時、縁先を何かが横切るのを、平七郎は目の端に捕らえていた。

力蔵に送られて玄関に出、妻八と秋光を浴びて木戸門に向かう石畳みを踏み始めた時、ふっと気配を感じて、裏庭に通じる柴垣に目を向けた。

先程縁先を横切った正体がそこにいた。

「登美さんです」

妻八が囁いた。

弾正橋を小走りにやって来る、美しい女に面差しのよく似た娘が、菊の花を胸に抱えて、平七郎に祈るような眼を向けていた。

五

利倉屋の主は仁兵衛という五十過ぎの男だった。

骨太で色が黒く、ぎょろりとした目ばかりがよく目立つ男で、始終まわりにせわしなく目配りをして、本来は小心な男だと平七郎は見た。

小心な男ほど用心がいい。

利倉屋が外出する際には、必ず目つきの鋭い浪人が従っていた。

むろん店には、この男以外にも、いわくのありそうな男たちが数人詰めているようだった。

平七郎は、利倉屋の張り込みを力蔵と会ったその日から開始した。

差し向かいの古着屋の二階を借りて妻八を常駐させ、辰吉には利倉屋の主が外出するたびに尾行させた。

そして自身は与力一色《いっしき》弥一郎《やいちろう》のもとに走った。

「何事だ。いくら昔目をかけてやったといってもだ。私はこれでも忙しいのだ」

一色は迷惑そうな顔をして見せた。

だがすぐに、配下の同心を下がらせると、

「いったい今度は何だ。少しは私の立場も考えろ」

小言をいうが、誰もいないところでは、口とは裏腹に平七郎の顔色を気にする一色である。

実は二人の間には、浅からぬ因縁があった。

三年前、平七郎は定町廻りで、盗賊の隠れ屋を探索していたが、おこうの父一文字屋の総兵衛《そうべえ》は、読売屋として賊を追い、その住家をつき止めたと平七郎に助けを求めてきた。

平七郎はすぐに、当番与力だった一色にこれを報告、捕縛の指示を仰いだが、一色はこれを一蹴、平七郎が独断で捕縛を決意し、総兵衛が知らせてきた場所に出向いた時には、総兵衛は既に殺されていた。

しかし、大捕物によって賊は捕縛され、事件は落着したのだが、総兵衛を見殺しにしたことが問題となり、一色はこれを平七郎の手落ちだとしたのである。

一方で無事解決出来たのは、采配をふるった自分だとして報告した。

お陰で平七郎は定町廻りを外されて、定橋掛という橋廻りにまわされたが、一色はというと、その功績が高く評価され、吟味方の筆頭与力格に昇進したのであった。

平七郎は、読売屋おこうの父を死に至らしめた責任はずっと感じているし、橋廻りにされて一色を恨んでいるという訳ではない。

ただ、橋廻りでは奉行所内でも鼻であしらわれて、保管されている事件の記録を調べるのも不自由するし、当然のことながら、平七郎たち橋廻りが手がけた事件の決着を、秀太と二人だけでつけるのは手に余る。

そこで平七郎は、三年前のあの事件をちらつかせて、一色に奉行所内での記録書の調べや捕縛の協力を仰いでいるのであった。

「ひとつ、調べて頂きたいことがあるのですが……」

平七郎は、おもむろに腰を据えると、

「お茶を頂きます」

一応断りを入れ、そこにある茶器を引き寄せた。勝手に茶を入れて一口含み、憮然としている一色の顔を窺った。

「うまいなここのお茶は……一色さん、このお茶ですが、やっぱり官費で買っているのですか」

「当たり前だ」

「同心の詰め所にあるお茶は、ありゃあ二番茶、いや、三番茶だな。しかしここのお茶は

……ふむ、こくがあって甘いな」

「貴様、なにを言いたいのだ」

「ああ、忘れるところでした」

「馬鹿、早く言え。私も忙しいと言っているだろう」

「実はですね、富沢町に利倉屋という古着屋があります。主は仁兵衛といいます。その仁兵衛に、過去があるのではないかと思いましてね。一色さんに調べて頂きたいのです」

「ふむ。それから」

「それからですね。近々大捕物がありますから、準備を抜かりなく」

「その、利倉屋のことか」

「はい。大がかりな抜け荷ですよ。捕縛出来たら一色さん、またあなたのお手柄になります」

「まことか」

「はい。そういうことですから……じゃあ」

お手柄と聞いて目の色をかえた一色を後にして、平七郎は北町奉行所を出た。

呉服橋を渡ったところで、険しい顔をしたおこうに呼び止められた。

「たいへんなことになりました。弥市殺しを名乗り出た人がいます」

「誰だ」

「それが、河内屋のおみのさんなんです」

「何……」

「本材木町の大番屋に出頭してきたんですって」

「いつのことだ」

「先程平塚様から知らせて来たんです」

「秀太が？」

「はい。平塚様はこのところ、連日楓川を見回っていらっしゃるようですが、大番屋に立ち寄った時にお聞きになったようです。とにかく、すぐに平七郎様に来て頂きたいということでした」


番屋に走ると、秀太が大番屋の表で待っていた。

「町役には、与力に連絡するのは待って貰うように言ってあります」

秀太は平七郎の耳に囁くと、一緒に大番屋の中に入った。

大番屋は調べ番屋とも呼ばれていて、府内には七カ所あったが、本材木町の大番屋はその一つで、本材木町の三丁目と四丁目の間にある河岸にあったため、三四の番屋と呼ばれていた。

通常、町々に置かれている番屋に引っぱられた者は、この大番屋に移されて、与力が出張してきて、まず調べる。捕らえられた犯罪者が、すぐに小伝馬町の牢屋に送られることはない。

従って大番屋には、板の間の留置部屋もあるし、吟味する一坪ほどの白洲《しらす》もあった。

この白洲で与力の調べを受け、容疑が濃くなった者、確かに犯罪を犯したと判明した者に限り、奉行所で入牢証文が作られて、それではじめて牢屋に送られるのである。

おみのは、自身が住む町の番屋に自訴するのではなくて、この大番屋にわざわざ足を運んで来たのである。

その意図は、間違いなく自分が罪を犯しました、一刻も早く与力に調べて下さいと言うことか、それとも自身が住む町内では憚《はばか》られると思ったのか——。

はたしておみのは、留置部屋から、平七郎が待つ小部屋に連れてこられると、

「こちらのお役人にも申しましたが、間違いなく私が弥市を殺しました。牢屋にお送り下さいませ」

手をついて、平七郎に言ったのである。

顔を上げたおみのの表情には、固い決意が窺えた。

面長の顔立ちに、切れ長の目を持つおみのは、さながら美人絵を見るようである。襟足《えりあし》からのぞく肌にも張りがあって白く輝いていた。十三歳の娘がいる女とは思えない。

手を揃えて置いた膝の盛り上がりにも、三十女の色気が漂っていて、こんな女と恋に落ち、女房にして子まで生ませた八田力蔵という男がちょっぴり羨《うらや》ましくなった。

平七郎は、頭の中を駆け巡ったそれらの雑念を払いのけると、

「なぜ、そのように急ぐのですか……おみのさん、あなたが本当に殺ったのかどうか、はっきりしないうちには、小伝馬町には送れません。それは、あなたならよくご存じの筈

だ」

ピシャリと言った。

おみのの顔に動揺が走った。

「実は八田殿から、なにもかも聞きました」

「八田から……」

おみのは驚愕するばかりである。

「あなたが八田殿の身を案じるのは分からないことはないのですが、短慮は禁物です。きっと犯人は捕まえますよ。あなたは心配しないで、このまま家に帰りなさい」

「わたくし、本当に弥市を殺したのでございます」

と、おみのは言った。

おみのの話によれば、三日前、ひょっこり弥市が河内屋に現れて、また昔のように金を出せと脅して来た。おみのは愕然とした。

河内屋を潰したのは弥市である。それにもかかわらず、また思い出したようにやって来て、まだこの細々とした暮らしから金を奪い取ろうというのかと、おみのは腹を立てた。

厳しい顔で追い出そうとしたところ、

「いいのかい。おめえさんの娘に累が及んでも知らねえぜ」

弥市はへらへら笑って、

「八田の娘は、女郎の娘だって、言い触らしてやってもいいんだぜ。それとも、俺と一晩一緒にいてくれたら、今回は許してやってもいいんだぜ」

弥市は、蛇のような眼で、おみのを見た。

――この人を殺さねば、今度は八田の家が不幸になる。

おみのは固く決心をして、その日の夕刻、越中殿橋の袂で待ち合わせた。近くの安宿に行く約束をしたのである。

黄昏刻《たそがれどき》に、弥市は鼻の下を長くしてやってきた。

その弥市を、おみのは橋下の草むらに誘い、かねてより用意していた包丁で刺したのだと言った。

「ふむ。それで……その後、どうしたのだね」

「闇《やみ》に紛《まぎ》れて帰りました」

「弥市を刺した包丁は……」

「川に捨てました」

おみのは、澱《よど》みなく答えてみせた。

「どうしたものでしょうか」

おみのが留置部屋に戻されると、書役が入って来て平七郎に聞いた。顔には困惑の色がみえる。

自訴して来た者を、いつまでも内緒で留め置くことの責任を問うたのである。

「お前たちに迷惑はかけぬ。弥市の遺体の検死をしたのは俺だ。おみのの自白にはまだ納得出来ぬものがあるゆえ、半日待ってもらえぬか」

「承知しました、あと半日……」

書役が復唱して下がると、秀太が怪訝な顔をして言った。

「平さん、おみのですが、誰かをかばっているんじゃないですかね。確かに弥市は胸を刺されていましたが、生きているうちに川に投げ込まれて、それもあって死んだんでしょ」

「秀太、おみのさんはな、臨時廻りの八田さんの別れた女房だ」

囁くように秀太に告げると、秀太は顔色を変えて見返した。

「そういうことだ」

秀太に頷いた時、書役がまた顔を出した。

「お話し中でございますが、おみのさんは無実だという者が現れました。どうしましょうか」

書役は混乱した顔で尋ねてきた。

平七郎と秀太が表の座敷に出て行くと、河内屋の女中おまさにつれられた小坊主珍念が土間に立っていた。

「あっ、お役人様、おいら、知ってるよ。おかみさんは人殺しなんてやってないんだ」

「坊主、どうしてお前が、そんなことを知っているのだ」

秀太が、珍念の前にしゃがみこむようにして聞いた。

すると、おまさが説明した。

「珍念さんは、托鉢をした帰りに、越中殿橋の西袂で、おかみさんが橋袂から河岸に下りていくのをみたんです」

「まことか」

秀太が珍念の顔を覗く。

「うん。なんだろうって見てたんだ、おいら……そしたら、おかみさんは何か転がっているのを見たらしくって、悲鳴を上げて逃げたんだ。おいら、ますます気になって、橋の上から下をのぞいたら、草むらからお侍が出て来て、転がっている物を川の方に引きずって行ったんだ」

「何……」

「その引きずられていった物が、人間だと分かったのは、水の中であっぷあっぷしているのを見たからだと、珍念さんはいうんです」

また、おまさが側から言った。

「その、お侍だけど、どこのお侍か、おいらはそれも知ってるよ」

「何……珍念、嘘をつくとためにならぬぞ」

「本当だって……そいつは、古着屋の用心棒だ。利倉屋っていうんだが、おいら、托鉢に行って、一度酷《ひど》い目にあってるから、間違いないよ。腕に蛇の彫り物をしてる奴さ」

「よし、そこまで分かれば、後は確かめるまでだ。珍念、でかしたぞ」

秀太は立ち上がって、珍念の頭を撫でた。

「これでおかみさんは無実だね、おかみさんは、おうちに帰れるんだね」

「珍念……」

「おいら、おっかさんのように思っていたんだ、おかみさんのこと……おかみさんが見ていてくれる……それだけで、おいら、幸せだったんだ。そのおかみさんがいなくなったら、おいら、おいら……」

珍念は、二の腕を両目に当てて、突っ立ったまま泣き出した。

小さな肩を震わせて泣く姿に、平七郎も秀太も胸を熱くする。

「おかみさんは何もやってはいません。わたし、おかみさんに口止めされていたんですが、申し上げます。おかみさんは、八田様のことを聞きつけて、それで、自分がやったと申し出れば八田様は助かるに違いないって、そう言って家を出ていったんです。珍念さんがおかみさんのことを聞きつけて、おかみさんを助けたいから一緒に番屋に行ってほしいとやって来た時、わたしもやっぱり、このまま黙っていてはいけないと思ったんです。弥市という人は、うちの旦那様を脅して脅して、死に追いやった人でした。この上、おかみさんまで弥市のために何もかも失うなんて、かわいそうすぎます……」

おまさも感きわまって、言葉を呑んだ。そして、大きな溜め息をつくと、震える声で話を継いだ。

「おかみさんは、ずっとこの五年間、あの弾正橋を見て暮らしてきました。あの橋を渡れば八丁堀に行ける。そしたら、懐かしい旦那様にも会える、可愛い娘さんにも会えるって……。でも、それが出来なくて、それでもずっとあの橋を眺めてきました。愛《いと》しい旦那様や娘さんの住む町に繋がるあの橋を……おかみさんは胸が千切れる思いで見てきたんです。そういう人なんです、おかみさんは……おかみさんをお助け下さい」

おまさは、平七郎と秀太に、縋《すが》りつくようにして訴えた。

その時だった。

大番屋の奥から、すすり泣く声が聞こえて来た。

声は、留置部屋からだった。慎ましく、人を憚るような低くて小さな声だった。

六

利倉屋に変化がみられたのは、翌晩のことだった。

八ツ（午前二時）を過ぎた頃、いったん閉めていた表戸一枚が開き、店の中に灯がともった。

「平さん……」

暗闇の中で、秀太の声がした。

秀太は、三四の大番屋で、おみのにまつわる一部始終を知ったことで、自分も利倉屋捕縛に加わりたいと言い出して、夕刻より利倉屋の張り込みに加わっていた。

張り込みは、利倉屋の向かい側にある古着屋の二階である。

六ツ過ぎには、与力一色からの使いで、利倉屋仁兵衛には、前科があることが分かった。

仁兵衛は昔、絹製品の仲買をやっていたが、専売品に手を出して石川島《いしかわじま》に送られていた。

放免になってから古着屋を始めているが、仁兵衛の下に集まる連中がみないわくありげなのは、そういった事情にあるようだった。

「辰吉、一色さんに連絡を頼む。奉行所で待機してくれている筈だ」

「任せて下さい」

辰吉が音を殺して階下に下りると、入れ替わりに妻八が上がって来た。

「立花様、榮橋《さかえ》の河岸に大八車が五つ並んでいます。まもなく船が入って来る模様です」

妻八が報告するや、利倉屋の店内から主の仁兵衛が浪人を従えて表に出てきた。

他に店の者が三人、仁兵衛を先頭に月明りの中に踏み出した。

「よし、行くぞ」

平七郎は、秀太と妻八を見て言った。


月は意外に明るかった。

平七郎たちが潜む橋の袂から、利倉屋一味が船から下ろされた梱包を大八車に積み込むのが、はっきりと見えた。

大八車は妻八が報告した通り五台だった。作業は黙々と人っこひとりいなくなった河岸で行われている。それだけでも異様な風景だった。

利倉屋は、常に浪人を側に置いて、辺りに眼を配っていた。

「いいか、すべての荷を大八に積み終えたところで河岸に走るぞ。手筈通りに、いいな」

平七郎は、荷積みの作業を見詰めながら二人に言った。

荷を下ろした船が、黒々と光る浜町《はまちょう》堀を引き返して行くのが見えた。

まもなくだった。

大八車に最後の梱包が積み上げられた時、秀太が土手の上に走り出て河岸に飛び下りた。大八車の進路に、手を広げて立ちふさがったのである。

「待て待て、貴様ら、何をしているんだ……荷物を検《あらた》めるから、退《ど》きな」

敏腕同心よろしく、十手を翳《かざ》す。

「向こうだ。向こうから上がれ」

突然現れた同心に、慌てて利倉屋は車引きに怒鳴った。

「へ、へい」

車引きたちは、方向転換して、秀太が立つ反対方向に向かった。

だがその列も、誰かに阻《はば》まれてすぐに立ち往生してしまった。

「利倉屋、それまでだ」

平七郎だった。

「抜け荷だってことは分かっているんだ」

「な、何と……これは抜け荷などではありませんよ」

「言い訳は番屋でしろ。それと、それ、そこにいるお前の用心棒だが、弥市殺しの容疑がかかっているぞ」

浪人をぐいと睨んだ。すると浪人はすーっと腰を落とした。既に右手は刀の柄をつかんでいた。

「弥市をほっとけば、小遣い欲しさに何をするか分からぬ。もしもの時には自分たちが危ない。利倉屋、お前はそれで弥市を殺させたのだ。抜け荷に人殺し、もうお前たちに助かる道はない」

言い終わると同時に、浪人が刀を抜いて飛びかかって来た。

「死ね」

野太い声が、平七郎の頭上に落ちた。

平七郎は、素早く腰を落として、抜きざまに頭上でこれを受け、撥ね上げると同時に後ろに退いた。

「止せ、無駄な争いは止めろ」

平七郎は静かに言った。

「捕まれば獄門だ。ならばここで貴様を斬る」

浪人はすっと刀を右頭上に掲げて言い放った。上段に構えた左腕に、黒く流れているものが見えた。

蛇が腕に巻きついていた。珍念が見たという彫り物だった。

平七郎は中段の構えで立った。

ひんやりとした川風が、袖口から入り込む。

再び浪人が小走りして打ち込んで来た。

平七郎は、今度はこれを横に払って、浪人が引こうとしたその一瞬をつき、剣尖《けんせん》を浪人の水月《すいげつ》につけた。

同時に、左手で浪人の腕をつかんで、その腕を自身の左腿に打ちつけた。

「うっ……」

浪人の刀は、音を立てて地面に落ちた。

その時だった。河岸に数人の黒い影が走ってきた。

「利倉屋仁兵衛、抜け荷の罪で捕縛する。皆のもの、そこにある荷を押さえろ」

月夜に、一色の凜《りん》とした声が響いた。


「いいんですかね、あれで」

平七郎が奉行の榊原に会い、事件の結末と八田の潔白を訴えてから数日後、弾正橋に赴くと、秀太は早速口をとんがらせて、橋の欄干を木槌でこーんと叩いてみせた。

せっかくの捕物を一色に持っていかれた不満を秀太は言っているのである。

二人は先程、大工の棟梁から修理が終わったという報告を受け、棟梁たちは帰って行ったところであった。

今日ばかりは橋の点検など必要はないのだが、橋の上に立つと、木槌で橋を叩くという習性は、どうも骨の髄まで染みてしまったようである。

平七郎も、こんと叩いて、

「いいんだ。俺は八田さんが遠慮を解かれ、別れたお内儀の嫌疑も晴れた、それで十分だ」

晴れ晴れとした顔で、青く澄んだ川面を眺めた。

平七郎の頭の中には、特売で買ったあの反物を、おこうに渡してよいものかどうかという迷いがあった。

——ばれたらばれた時のことだな。

特売品であろうと、平七郎の細やかな気持ちである。渡してやれば、おこうも喜んでくれるに違いない。

平七郎は、大きく伸びをして、ふっと向こうに見える牛草橋を、牛に引かせた大きな荷車が通って行くのを見て言った。

「そうか、秀太、牛草橋というのはだな、その昔、草を積んだ荷車を引く牛があの橋を渡っていたからついた名だな。違うか？」

「全く……これだから」

「なんだ」

「きちんと調べてから言って下さい。だから、いつまでも橋廻りだって言ってるんですよ、平さんは……それでいいんですか。私は嫌ですからね。そのうちにお手柄を立てて、定町廻りになりますから……」

「それはめでたい」

平七郎は笑った。笑って橋の西袂になにげなく向けた顔が動かなくなった。笑っていた口も開けたままで、秀太を見た。

秀太も、橋の西袂を見ていた。

河内屋の店の中から、八田力蔵の娘登美が出てきたのである。

そして登美を追っかけるようにして出て来たのは、おみのだった。

おみのは、大きな風呂敷包みを、登美の両腕に置いた。

——あれは菊枕に違いない。

平七郎は、咄嗟に思った。

河内屋の女中おまさが、

「おかみさんは毎年、菊枕を作って娘さんが無事成人なさるのを祈っていたんですよ」

と言っていた言葉を思い出したのである。

「平さん、八田さんはあの人と再縁するそうですね」

秀太が、感慨深げに言った。

「うむ……」

平七郎は、八田が言った言葉を思い出していた。

「妻の前身がどうあろうと、そのことで、たとえ武家の身である自分の境遇がどうなろうと、それはその時のことだと……今はそう思います」

——八田さんは勇気がある人だ。

今度こそ幸せになってほしいと、平七郎は考える。

河内屋の店は、亡くなった宗次郎の遠縁の者に譲り、おまさも、下男の吾助も、そのまま店に残るのだと聞いている。

登美が、風呂敷包みを抱き締めて、橋を渡って来た。

何度も後ろを振り返って、おみのの姿を確かめては渡って来る。

登美は、二人の前まで歩いて来ると、頬を紅潮させて行儀良く頭を下げ、八丁堀のある橋の東に下りて行った。

菊の香が、ほのかに残った。

その登美が町並みに消えるのを、橋袂でじっと見送っていた者がいた。

小坊主の珍念だった。

珍念はおみのから、河内屋かあるいは八田の家に来ないかと誘われたらしい。だが珍念は、廃寺に住むことを選んだのだという。

平七郎と秀太は、橋を下りて珍念に近づくと、

「珍念、おみのさんが河内屋にいなくなったら寂しいな」

秀太が聞いた。

「寂しくないや」

珍念はそう言うと、廃寺に向かって駆けていった。

「秀太、珍念はな、まだ三つにも満たない頃に、あの寺の門前に捨てられていたらしいのだ。あの寺に住んでいれば、自分を捨てていった母親が迎えにきてくれるかもしれない、そんな思いがあるんじゃないのか」

平七郎は、色あせた墨染めの小さな姿が、遠くなるのを見詰めて言った。

第二話　蘆《あし》火《び》

一

橋の上から見下ろすと、千住《せんじゅ》川の濁流は橋桁を飲み込む勢いで流れていた。

雨は昨日から断続的に降っていたが、夜半すぎから野分が立ち、早暁まで江戸の空は荒れた。

一方で水かさは雨や風が去った後に増え、岸を洗い、橋を襲って来たようだった。

だが今は雨も風も止み、空には雨雲の向こうに日の光が差し込んでいて、まもなく天気は心地好いさわやかな秋日和《びより》へと変わっていくのは間違いなかった。

平七郎は、先程渡って来た千住大橋の南袂にも、橋向こうの北袂にも、昨夜から家に引き籠もっていた人々が表に出て来て、忙しく動き始めたのを捕らえていた。

千住大橋の両袂には河岸を利用した竹屋や材木屋が目立つ。

それもあってか、平七郎の目線の先で立ち働いている者たちの多くが、雨風に飛ばされたとはいえ大川に流されずに済んだ竹や材木を、声をかけ合いながら河岸に積み上げていた。

この辺りは、いつもなら筏《いかだ》を組んで大川を下り、本所《ほんじょ》や深川の材木商に竹や材木を運ぶ様子が、墨絵の中の、のどかな風景を見るがごとくに望める所でもある。

ところがそれが、大雨や野分に襲われると、川は一変する。

生活の糧《かて》を運ぶどころか、橋や家屋を押し流し、住民は多大な被害を被《こうむ》るのであった。

――このたびは、橋や家屋を流されずに済んだだけでも、運が良かったというべきか……。

平七郎は、一帯を見渡していた目を足元に戻し、野分に剝ぎ取られていった橋の床が大きな口を開け、その口の下に濁流が渦を巻いているのを確かめた。

橋の幅は四間ほどだが、穴の空いているのは幅にして三間、長さは二間ほどで、かろうじて橋の片側一間ほどが残っていた。

「ふむ……」

平七郎は懐から木槌を出して、穴の周りの床板を叩いてみた。

どうやら床は腐食が進んでいて剝がれたのではなく、強風にむりやり飛ばされてしまったようだ。

平七郎は、今朝方、千住大橋の南袂にある旅籠《はたご》屋『武蔵《むさし》屋』の主《あるじ》九兵衛《きゅうべえ》からの急使を受けた。

その時、平七郎はまだ床の中にいて、下男の又平にたたき起こされた。

寝ぼけ眼《まなこ》で玄関に立つと、まだ雨は残っているのか、使いの者は蓑《みの》をつけていた。

「恐れ入ります。千住大橋の床板が昨夜からの時化《しけ》で飛ばされました。旅人が一人、今朝橋から落っこちておぼれ死にまして、主はただいま通行止めを呼びかけておりますが、すぐにお越し願いたいと申しております」

声を張り上げて報告した。

「分かった、すぐに参る」

平七郎は使いの者に、平塚秀太にも報告するよう言いつけて、急いで支度をして役宅を出た。

表に出たところで、秀太の家から引き返して来た使いの者に会い、秀太は本所の小名木《おなぎ》川べりにある材木問屋『相模屋《さがみ》』に走ったと告げられた。

相模屋は秀太の実家である。橋の修理など応急の処置が必要な時、すぐに木材を調達してくれるばかりか、修理一切も受け持ってくれていた。

風雨の後や火事の後は、瞬く間に材木が高騰するため、通常の値で仕事を請け負ってくれる相模屋の存在は有り難い。

「平さん、遅くなりました」

秀太が、相模屋の番頭喜平《きへい》と、抱えの大工勘八《かんぱち》とその弟子たちを引き連れて、千住大橋にやって来たのはまもなくだった。

大工の勘八は平七郎にぺこりと頭を下げると、すぐに剝がれた床板の辺りを点検し、

「ここは一度剝がれて修理していた所のようですが、少し仕事が甘かったようですね」

顔をしかめた。

「手抜きか」

秀太が険しい顔をして、懐から帳面を出した。

秀太は記録魔で、どんなに細かい出来事でも帳面につけている。昔の記録もむろんきちんと控えていて、帳面をめくれば全て一目瞭然といったところで、早速先頃修理した者たちの記録を確かめようとしたのであった。

「いえいえ、手抜きという訳ではございませんが、この辺りは一番風の当たりが厳しいところでございますからね」

勘八は、言い直した。万に一つの間違いも許せない秀太の勤務ぶりは、実家の方でも知れているらしく、大騒ぎになってもという勘八なりの配慮がみえた。

だが秀太はすぐに、帳面をめくっていた手を止めると、すばやく記録に目を走らせて、

「この前、ここを修理したのは山崎《やまざき》屋だ。ひとこと言っておかねばなるまいな」

険しい顔で言い、自身で相槌を打つように頷《うなず》いた。

「秀太、そういうことなら今後一切、山崎屋には仕事をまわさぬようにすればいい。放っておけ」

平七郎は苦笑した。秀太の言う通りなのだが、若さゆえの秀太の性急さには、いささかついていけない思いもある。

「平さん、平さんはそんなこと言ってるから駄目なんですよ。だからこんなことになるのじゃありませんか。今までの定橋掛はそれで済んだかも知れませんが、私たちはそうもいかぬということを知らせてやらねばなりません」

秀太は、ぱちりと帳面を閉じ、

「さて、そこでだ。喜平、この橋、直すのにはどれぐらいかかる？」

側で苦笑して聞いていた喜平に聞いた。

「そうですね。この千住大橋は、長さが六十六間、幅が四間ございますが、この際、床板だけでなく、橋桁もすべて点検しておいたほうがよいかと思われますがいかがでしょう。まあそうなれば、一両日は見ていただかないと……それでどうだね、勘八さん」

番頭の喜平は、勘八に最終の返事を振った。

「へい。あっしもその方がよろしいかと存じます。ですが、水が引かなければ橋桁の点検は無理というものです。この床板の張り替えだけは、今日明日のうちに仕上げさせて頂きやす」

「わかった、それでいい。喜平、他にも不都合なところがあれば修理を頼むぞ」

秀太は、役人然として言った。

「承知しております。ではお二人は、修理の間、橋の通行止めを徹底するようお願い致します」

喜平はそう言うと、勘八とその弟子たちを従えて、橋の北袂に向かって歩いて行った。

平七郎は再びそこにしゃがみこんで、穴の空いた橋床をもう一度ざっと眺めた。

橋の幅四間のうち一間は助かっている。注意をすれば渡れないことはなかったと思われるが、旅人がこの穴から川に落ちたというのは、強風にでもあおられて足元を掬《すく》われたのではないか。

一旦、この橋の上から、音をたてて渦巻く川に落ちたならば、いかな水練上手な者といえども、ひとたまりもないと思える。

「これで旅の者たちは、しばらく足留めですね」

秀太は穴を覗《のぞ》きながら呟《つぶや》いた。

千住は北の玄関口として、東海道《とうかいどう》の品川宿《しながわ》、甲州《こうしゆう》街道の内藤新宿《ないとうしんじゆく》、中山道《なかせんどう》の板橋宿《いたばし》とともに四宿のひとつと呼ばれ、重要な位置にあった。

大橋の橋北にある上宿には旅籠屋が百四十一軒、橋南の下宿には七十四軒、宿場としての賑々しさも知れようというものだ。

この宿場は、一般の旅人ばかりではなく、日光東照宮《にっこうとうしようぐう》へ参る将軍家の行列が通過するのはむろんだが、例幣使《れいへいし》、皇族の輪王寺宮《りんのうじ》、それに奥州《おうしゆう》道や日光道、水戸《みと》道を利用する参勤交代の大名六十四家も、通行して行く。

また、北千住と呼ばれる橋の北側に広がる河原町には幕府公許の千住市場があり、川魚や野菜や米などを扱っていて、府内の台所の一端を担っていたし、大川を使って竹や材木を府内に運び入れる中継点でもあったから、増水して川が荒れ、橋が崩れなどすれば、人馬や舟や筏の往来のみならず、府内の消費や経済にも大きな影響を及ぼした。

「この様子では渡しの舟も使えないだろうから、人の往来も一両日は様子を見るよう、南北の旅籠屋や町役に通達をするしかあるまい」

平七郎は言い、立ち上がって橋の北袂に向かった喜平たちの姿を追った。

喜平たちは既に橋袂に到着していて、銘々、無駄のない身のこなしで、橋を丹念に検分し始めているのが見えた。

「ふむ……秀太、事故が起こらぬよう、町役人や自身番に、通行止めの看板を橋袂に立てるように申しつけろ」

平七郎は、秀太を上宿の旅籠を束《たば》ねている『甲州屋』に向かわせると、自分は引き返して下宿の『武蔵屋』に出向くつもりで、橋袂に引き返してきた。

すると、

「あの、もし、お役人様」

南袂で一組の町人の男女が待ち受けていた。

三十過ぎの旅姿をした夫婦者かと思われた。

「お役人さま、この橋、もう渡ってもよろしいのでしょうか」

男はせっつくように聞いた。

「いや、駄目だな。明日、いや、あさってには渡れる筈だが……急ぐ旅か」

「はい。国元に急用がございまして、どうしても今日中に出立したいのですが……」

「気の毒だが見ての通りだ。いったん家に戻って出直すか、あるいはそこらの宿で待ってもらうかだが」

二人の顔を窺うと、困惑の表情がありありと見える。

「どうした」

「はい……実は私たちは、府内の住家をひき払って出てきましたので……かといって、宿もとってはおりません」

男は途方に暮れた顔を見せた。

「そうか……よし、俺がどこかの宿にかけ合ってやってもいいぞ」

「いえ、なんとか致します。ありがとうございました」

男は丁寧な物言いをした。物腰からみてお店《たな》者のようだった。

女の方は、終始俯《うつむ》き加減に男に寄り添っていて、けっして役人の平七郎と顔を合わせないようにしているように見えた。

薄い化粧と身繕いは、どこか垢抜けた感じがしたが、その細身の体には、何かじっと緊張に耐えているようなところがあった。

二人は一見、どこかそぐわない取合わせにも見えた。だが一方で、同じ荷物を背負い合っているような固い結びつきも感じられた。

「ふむ……」

――ひょっとして、夫婦者ではないかもしれぬ。

平七郎は、宿場の路地に消えていく二人を見送ると、急いで武蔵屋に向かった。

一刻後のことである。

平七郎は、宿場町へのひと通りの手配を済ませると、橋の修理を相模屋の喜平と打ち合わせ、秀太とともに昼食とも夕食ともつかぬ食事を摂《と》るために街道筋の飯やに入った。

店の中は、通行止めを食らった旅の客で混み合っていて、暖簾《のれん》をくぐってみたものの、入るかどうか思案していると、

「何してるんだよ、さっさと入っとくれよ」

店の女にひっぱり込まれるようにして、中に入った。

壁際に、二人分の席が空いていた。

女は二人を、そこに押し込むように腰かけさせると、

「お役人様、よその店に行こうとしたでしょ」

くいっと二人を睨《にら》んできた。

「いや、ここは混んでると思ったまでだ」

平七郎は苦笑して言った。

「よそに行っても混んでるのは同じですよ。だって橋が通行止めになっちまったんだから……何にします？」

早速注文を聞いてきた。

「腹が減っている。何がうまいのかな、この千住では……」

「そうですね。池之端《いけのはた》の鰻《うなぎ》かしらね」

「何、池之端の鰻……不忍池《しのばず》でとれる鰻のことか」

「いいえ、この千住の尾久《おぐ》ってところから運んで来る鰻なんですよ。不忍池の鰻より、ずっとこっちの鰻がおいしいって皆さんおっしゃいます。顎がおちるって……近頃御府内では鰻をどんぶり飯の上に乗せて出しているようだけど、ここだって……尾久の鰻は太くっておいしいんだから」

女は言い、二人の顔を交互に見た。

「いいですね。平さん、それいきましょう」

秀太が言った。

「鰻、二つね」

女が声を張り上げて二人の側を離れて行くと、平七郎は鰻待ちの顔をふっと川っぷちに向けた。

おやと見詰める。

河岸で舟を奪い合って殴り合っている者たちの姿が飛び込んで来た。

二人は土地の船頭のようだったが、もう一人は先程の旅人のようである。

旅人は土地の二人に、殴られて、蹴飛ばされて、散々に痛めつけられているのだが、それでも懲《こ》りずに飛びかかって行くのである。

女が側で悲鳴をあげているのが、濁流で声は聞こえずとも察せられた。

「いかん！」

平七郎は思わず叫び、

「行って来る。お前はここで待て」

秀太に言い置いて立ち上がった。

「私も行きます」

秀太も立ち上がった。

二人は河岸に駆け下りた。

「止めろ。危ないじゃないか」

つかみ合っている者たちの中に入って引き剝がした。

「お役人様、悪いのはこいつです。舟を出してくれなんてとんでもねえことをいうもんだから、断ったら、今度は舟を盗もうとしやがったんです。まったく太え野郎です」

　土地の船頭は、川の音に負けじと大声を張り上げて旅人の襟首をしめあげている。旅人は、泥にまみれた衣服をはだけ、眼を血走らせて肩で荒い息をついていた。その傍に、精根尽きたというような顔をした女がへたりこんでいた。めくれ上った袖から覗く細い二の腕が痛々しい。

「わかった、わかった」

　平七郎は、頷いてみせると、しめあげている船頭の手をほどいてやった。途端に旅人はよろめいて、平七郎にもたれかかった。衣服のあちらこちらが破れ、汚れた顔には大きなあざまでつくっている。

「この二人はな、大急の用事があって国元に駆けつけたいのだそうだ。そこへこの足留めだ。あせって我を忘れたのだろう。どうだ、そういう事だ、許してやってくれるな」

　平七郎が橋廻りだということは船頭たちにも分かっている。

「旦那がそうおっしゃるのなら仕方がねえ」

船頭はしぶしぶ二人の旅人を解き放った。

　そこで平七郎は、下宿の武蔵屋に二人を連れて行った。小座敷を借り、町医者を呼んで手当てを受けさせた。

「どんな事情があるのか知らぬが、無茶をするな」

平七郎は厳しく言い、飯やから秀太が運ばせた鰻を勧めた。

「食べろ。これは俺たちが注文したものだが、今の騒ぎですっかり冷えちまっている。だがな、尾久の鰻といって名物だそうだ。どうだ、二人とも腹がすいているだろう?」

「しかしそれではお役人様の膳が……」

「なあに、俺たちは別に食い直しをすればいい、遠慮せずに食べろ」

平七郎は、自分と秀太の鰻を二人の前に置いた。

「お役人様……」

男は、懐の手ぬぐいを引き抜くと、目頭に当てた。

「こんなにご親切にして頂きまして、ありがとうございます」

「そんなことはいいが、なぜそれほど急ぐ。先程は国に帰るのだと言っていたが、国はどこだ」

平七郎は、顔を上げた男の視線を捕らえて言った。

「大田原《おおたわら》でございます」

答えた男の表情にはためらいがみえた。

「大田原か……奥州道の宿場、一万一千石の、あの大田原だな」

「はい。田舎《いなか》に帰るのは十八年ぶりでございます」

「ほう……それは、両親も喜ぶだろう」

「父は亡くなっておりますが、母が病気で……」

「そうか、それで急いでいたのか」

「はい。でももう、お役人様のおっしゃる通りに致します」

男は神妙に言った。だがその目がかすかに揺れたのを、平七郎は見た。側で話を聞いている女を見ると、女の目も不安な色を宿していた。

――母親が病だというのは嘘かもしれぬ。だがなぜ嘘をつく。

平七郎が怪訝な目を向けた時、男はその視線からのがれるように鰻を取った。男は嚙みしめるように食べ始めた。

女も鰻をとって食べ始めた。すると男は急いで箸を使い、またたく間に平らげた。そうして女が無心にまだ頬張っているのを見てふうっと安堵の色を浮かべた後、「旦那……」と膝を直して平七郎と秀太を見た。

人心地ついたのか、男はぽつりぽつりと語り始めたのであった。

「実は私は次男坊でしたものですから、この江戸に出てきたのですが……そういえば十八年前にあの橋を渡って来た時も、忘れられない思い出がございます……」

男は、店の外に雄大な姿をみせている千住の橋に顔を向けると、その顔をまた平七郎に戻して言った。

「きっと一旗揚げて国に帰る。そうでなきゃ、二度とあの橋を渡るものかと……まあ、そんなとてつもない夢を抱いて参った訳です」

男は苦笑した。ふっと懐かしげな表情を見せた。

「いい話ではないか」

「いえいえ、十七歳になったばかりでしたからね。世の中のことは、知っているようで、実はなんにも知らなかったのですよ。いえ、それはこの歳になってから言えることですが、当時はそんなことなど考えも及びませんから……」

男は、幼馴染《おさなな じ》みと一緒に、田舎を出て来たのだと言った。

印象的だったのは、男と友人が奥州道からこの宿場に着いた時のこと、丁度千住は秋祭りの最中だったというのである。

田舎の大田原を出てから既に四日、三十八里と六町強を踏破してきた旅の疲れは、賑やかな祭りに出会ってふっ飛んだ。

千住一帯は秋の豊穣《ほうじょう》を祝って、久しぶりに千住大橋綱引き大会を行っていたのである。

絶えて久しい綱引き行事だと聞いたものの、男が目《ま》の当たりに見たその光景は、六十六間もの長さがある橋に、同じだけの長さの大綱を渡し、橋の北側と南側に住む町の対抗戦を行うといった壮大な祭りだったのである。

北と南の旅籠の連中が参加するのは勿論だが、旅人も加わってもよいのだと聞いた男と友人は、宿場の男たちに混じって、同じように着物を脱ぎ捨て、ふんどし姿で綱を引いた。

「えんやさ、こらさ。えんやさ、こらさ」

綱を引くもの、応援するものの声が一つになって、澄み渡った空に響き、

――この綱引きに勝ったなら、この先、良いことがあるに違いない。

そんな気がして、男も友人も懸命に綱を引いた。

どれほどの時間綱を引いていたのか定かではなかったが、秋の日が西に傾き始めた頃、綱引きは男たちが飛び入りで参加した北千住組が勝った。

ところがこれを不服として、綱を引くもの、見物するもの入り乱れて乱闘となり、収拾がつかなくなった。宿場役人が中に入るなどしてことなきを得たが、勝ちは勝ち、

「俺たちはついてるぞ。きっと夢は叶《かな》えられる」

男は友人と誓いあったというのである。

憧れの江戸に入ったその第一日目に、思い出深い綱引き大会に参加し、勝ち組となった喜びは、その後の男を支えてくれた。

綱引きが終わった後、男と友人は振る舞い酒をたっぷりと頂いて、夕闇の中に祭提灯《ちょうちん》が賑々しくかけ渡された橋の上を、志を一層熱くして橋床を踏み締め踏み締め、橋を渡って江戸の地に下り立ったのであった。

「若かったですからね。怖い物知らずでした。これで田舎に錦《にしき》を飾れる。そんな気がし

て、川風を肩で切るようにして橋を渡りました」

男は、熱っぽい目で語り、ふっと我に返ると、自嘲するような笑みをみせた。

「年月の経つのは早いものです。私もいい歳になりました。錦を飾るという訳にはいきませんが、小さな店を開くお金はできましたので、それで、母親の看病を兼ね、この辺りで思い切って田舎に帰ることにしたのでございます」

「大志を抱いて渡って来た橋を、おっかさんの面倒を見て、田舎で店を開くために戻っていくなどと、なかなか出来るものじゃない。大成功ではないか」

秀太は、大いに感心して相槌を打った。

「いえいえ、成功などといえるほどのものではございません。あれは大きな夢でした。人の見る夢は、所詮夢なんだということを、この歳になってようやく分かってきたという訳です。まあ、そういうことでございまして……」

男はしゃべり過ぎたと気づいたようで、最後は自分に言い聞かせるように呟くと、口をつぐんだ。

やがて、男と連れの女は、膝をそろえて礼を述べると、宿は自分たちで探しますと言い、女が男を支えるようにして武蔵屋を出て行った。

身の上話はしてくれたが、名は名乗らずに二人は去って行ったのである。

「しかし平さん、あの女房ですが、ずっと黙って箸を動かしていましたけど、なんだかずっともの思いに沈んでいる感じがしませんでした？……田舎に帰って店を開こうって顔じゃなかったですよ」

武蔵屋を出て歩き出してからすぐに秀太が言った。

「うむ……」

「本当に夫婦《めおと》なんですかね、あの二人」

「……」

平七郎も、同じことを考えていた。

訳有りの二人だと思ったのは同心の勘だった。

男が、自身の身の上を懸命に述べたのも、平七郎たちの不審を躱《かわ》すためだったのではないかとも思えるし、それが証拠に、男は最後まで自身の名も、奉公していた店も明かさなかったのである。

ただ、十八年前に奥州路から江戸にやって来た話には、嘘はないように思われたし、男は不誠実な人間ではなく、江戸で暮らした十八年は、真面目に、懸命に生きてきたのだということは見てとれた。

――それにしても……。

噂でしか聞いたことのない、千住大橋の綱引き大会の賑わいと喧騒はどのようなものであったのかと、あれこれ想像を巡らせながら、平七郎たちは密やかに迫る夕闇の千住を後にした。

二

「平七郎様、後は大川橋で終《しま》いでございますね」

猪牙舟《ちょきぶね》を漕ぐ源治《げんじ》が、潑剌《はつらつ》とした声を上げた。

平七郎が千住の橋に出向いたのは二日前、昨日と今日は源治の舟に乗り、隅田川《すみだ》に架かる橋を川口から順に上流に向かって点検していた。

たった今両国橋の点検を終えたところで、源治が、残る橋はあと一つ、大川橋だけですねと念を押したのである。

先の野分で千住大橋の橋床が剝がされたため、念のために大川に架かる全ての橋を調べておこうということになり、秀太は橋の上を相模屋の番頭喜平と見て回り、平七郎は源治の猪牙舟に乗って橋桁を見て回っていた。

むろんこういった仕事のやり方は源治の助力があってのことだが、源治への手間賃は平七郎が持つことにした。ほんの小遣い銭ぐらいだが、それでも源治は喜んで舟の櫓を握ってくれたのである。

「いいんですのよ、平七郎様。遠慮なさらないで下さいな。源治さんは平七郎様のお役に立ちたいって、それを楽しみにして川越《かわごえ》から出て来たんですからね。手間賃なんて、私のほうでなんとかしますから」

太っ腹のおふくは、平七郎にそんなことを言ってくれた。

おふくは永代橋西詰にある茶屋『おふく』の主《あるじ》である。

源治はおふくの店の船頭だが、以前平七郎が定町廻りだった頃、源治は平七郎の手足となって、府内のどこへでも平七郎を舟に乗せて走ってくれていた。

ところが平七郎が定町廻りを外されてから、ずっと田舎にひっこんでいたのだが、今年になってどうしてももう一度平七郎の役に立ちたいなどと言い、川越から出て来た変わり者の爺さんだった。

――そうもいかぬ。

と平七郎は思うのである。

定橋掛とはいえ、平七郎はれっきとした同心である。

だが、源治にこの先、定町廻りだった頃と同じように手伝って貰えるのであれば、榊原奉行との約束も、より遂行しやすいというものである。

いずれ榊原奉行には、源治の存在を告げ、手当ては平七郎が払うとしても、舟の使用代金については相談してみるつもりでいる。

それにしても、久しぶりに元気な源治の声を聞いたと、平七郎は嬉しかった。

「もう昼前だが、大川橋を点検してから食事にしてもいいかな」

平七郎も、昔を懐かしみながら、源治に聞いた。

「もちろんでございますよ。秀太様はとっくに大川にまわったようでございますから、急ぎましょう」

源治は、年寄りとは思えぬ筋肉質の体軀をしている。肩までめくり上げた袖の下から、自慢の赤銅色の腕を見せ、漕ぐ手にいっそう力を込めた。

秋の陽射しが川面《かわも》に弾《はじ》け、水面はきらきらと砂が光っているように見える。

昨日はまだ水も濁っていて波もあったが、今日になって、本来の隅田川の美しい水色を取り戻し、流れも比較的穏やかになっていた。

櫓《ろ》の動きに少しの乱れもなく、源治の舟は川を上る。軽快な櫓の音を立てながら、源治は言った。

「あっしはねえ旦那、黒鷹と呼ばれなすった旦那を乗せて、この江戸の川や堀を縦横に走るのが夢でござんすから……出来ればこの世におさらばするまで旦那のお供をしてえ、そう思っていたのでございますよ」

「おいおい、縁起でもないことをいうな。俺はお前さえよければ、いつまでも世話になりたいと考えているぞ」

「旦那……」

源治は、鼻をすすった。

静かな川面に、ちぃーんという音がした。

「嬉しいねえ旦那、こんな嬉しいこたあねえ。よーし、旦那、急ぎますぜ」

源治は、ぐんぐんと舟を速めた。

大川橋まではなんのことはない、源治の腕は瞬く間に運んでくれた。

「おや、旦那。どうしたんでございますかね」

大川橋の東詰袂に、人の群れているのが見えた。

「秀太さんじゃありやせんか」

源治が指差すまでもなく、秀太の羽織がまず目に飛び込んで来た。

「平さん！」

秀太が、平七郎たちに気づいて、手を振って来た。

「よし。あそこに着けてくれ」

平七郎は、何か異常を感じ取って、緊張した声をかけた。

「へい。腰を落として下さいませ」

源治は言い、ぐいと櫓《ろ》を回すと、舟は半円を描くようにして方向を変え、秀太が立つ岸辺に着いた。

平七郎は立ち上がって、舟の縁をひょいと飛ぶようにして岸辺に下りた。

「平さん、たいへんなことになりました……」

秀太は緊張した面持ちで迎えると、平七郎を人の群れている輪の中に引っ張った。

「これは……」

平七郎も絶句した。

岸辺に置かれた戸板の上には、二日前に千住の宿で会った、あの夫婦者が寝かされていた。

「いったい、どうしたのだ」

「それがですね。私が橋の点検にやって来た時に二人の死体はこの岸辺近くに流れ着いていたようですが、通りかかった船頭が引き上げるのは面倒だっていうので、竿《さお》で川の中ほどに突き放しているところでした。で、ひょいと見たんです、二人の顔を……そしたら千住で会ったあの二人連れだったものですから、岸に上げさせたと、まあそういう訳です」

「番屋には知らせたのか」

「はい。丁度亀井《かめい》さんと工藤《くどう》さんが番屋にいたらしく、やって来たのは来たのですが……私が川から引き上げさせたと言うと、橋廻りがいつからそんな采配をふるうようになったんだなんて、またいつもの皮肉を言いまして……」

秀太は、悔しそうに唇を嚙《か》んだ。

亀井というのは亀井市之進《いちのしん》のこと、そして工藤とは工藤豊次郎《とよじろう》のことで、二人とも定町廻りだった。

　平七郎もかつて二人と一緒に仕事をしたことがあり、その人となりはよく知ってはいるのだが、平七郎が定町廻りを抜けてからは、肩で風を切るばかりで、評判はよくないと聞いている。

　大きな事件には食指が動いても、事件の匂いが稀薄な水死体など、関わりたくないということらしい。

　もっとも、その傾向は、平七郎が定町廻りだった頃からで、もともと彼らは親の七光りで同心の花形といわれる定町廻りに配属されており、弱い者たちのために働こうなどという気持ちは薄いようだった。

「取り合わなかったのだろ」

　平七郎は念を押した。

「はい。するとあの二人は、水かさが増えていたから誤って川に落ちたのだと結論づけて、検死もせずに帰って行きました」

「ふむ……やりそうなことだ」

　平七郎は舌打ちをした。

　確かに、水死体の全てに関われる筈《はず》はない。

　この江戸では入水して自害する者も多く、また貧しい者たちは身内の葬式もあげられずに水葬することもあり、水死体を見つけても竿でつっついて海まで流れるようにするのはよくあることで、それにいちいち同心が関わることはない。

だが中には、そういった風潮をよいことに、殺人を犯して川に死体を投棄する輩《やから》もいて、その見分けは難しい。

しかし、すくなくとも、同じ北町の同心が見覚えがあって引き上げたという水死体を、にべもない言い方で端《はな》から取り合わないというのも、ずいぶんと怠慢ではないか。

要するに、亀井と工藤は、橋廻りという役を軽く見下げての言動だと、平七郎は思った。

平七郎は遺体の側にしゃがみこんだ。検分すると、やはり男にも女にも、頭に深い傷があった。

「殴られたような傷だな」

平七郎は昔の経験から、その傷が、例えば川に落ちたとか、転んだとかいう傷ではなく、何者かによって強く殴られたものであると確信した。

「私も、川に落ちたのならなおさら、不自然な傷だと言ったのですが……」

「工藤さんたちはなんと言ったのだ」

「川に誤って落ちたのではないということなら、心中だと」

「何、心中だと……」

さすがの平七郎は、聞き捨てならない検分だと思った。

「心中しようと飛び込んだ拍子に、棒杭かなんかに頭を打ちつけたものだと」

「馬鹿な」

「それに、忙しい俺たちは関知しないから、暇な橋廻りのお前たちが、回向院《えこういん》にでも無縁仏として葬ってやれ、とまあ、こうなんですから」

「……」

「引き上げなくてもいい水死体を、わざわざ引き上げた私のせいだと言わんばかりに……」

「よし。そういうことなら、俺たちで真相をつき止めてやろうじゃないか」

「平さん……」

秀太の怒りの顔が、いっぺんに嬉々とした輝きをみせた。

「これは殺しだ。犯人をそのままにしていい筈がない」

「はい。その通りです」

「橋廻りの仕事もある。忙しくなるぞ」

「やります。絶対にやり遂げます。平さん、よろしくご教示をお願いします」

秀太は余程悔しかったとみえ、平七郎に誓ってみせた。

「平七郎様。あっしもお手伝いいたします。何でもおっしゃって下さいまし」

興奮した眼で、源治が言った。

「どうだ……何か分かったか」

通油町にある読売屋の『一文字屋』に、一足先に戻っていた平七郎は、足を引きずるようにして入って来た秀太に探索の成果を聞いた。

「いえ、今のところは何も……平さんは？」

「俺も空振りだ」

「そうですか……いったい何処《どこ》の、何屋の『伊勢《いせ》屋』なのでしょうね」

秀太は、上がり框《かまち》に腰を据えると、太い溜め息をついた。

小太りしている分、足を使っての果てしもない探索は、よほど堪《こた》えたとみえる。

「まあ、焦ることはない。地道に調べていれば、そのうち分かる」

平七郎は、側にあった茶器を引き寄せると、出涸《が》らしの茶を入れて、秀太の前に置いてやった。

「平七郎様のおっしゃる通りですよ、秀太さん。うちの読売でも、昨日売り出したものでは、半分以上を水死体のことで埋めましたからね、きっとなんらかの連絡はありますよ」

おこうは、奥の板間で読売の束を整理していたが、手を止めると、二人の側に来て座った。

「それなら良いのですが……」

秀太は、力なく首を垂れる。

「まあ、そんなにしょぼくれちゃって」

おこうは、白い手を口に当てて、くすくす笑った。

勢い勇んで川魚を捕りに行った少年が、一匹も得ることなく帰宅した時のように見えたのである。

「秀太。これくらいのことでしょげているようでは、将来定町廻りに就けたとしても、役には立たぬぞ」

平七郎も苦笑する。

実は先日、水死体を検分したおり、男の懐から『伊勢屋』の名の入った紙入れを発見していた。

紙入れは、つづれ織で三枚重ねになっていて、伊勢屋の名は蓋《ふた》になる部分の裏布に刺《し》繡《しゅう》で入れてあり、造りは丁寧で、何かの記念で誂《あつら》えた物のようだった。

ただ、伊勢屋といっても、府内ではちょっと歩けば伊勢屋の名に当たるほど、その屋号は使われている。

呉服商をはじめとして、府内には伊勢出身の商人はたいへん多く、伊勢屋の屋号はあらゆる分野の商人が使っていた。

そこで平七郎は、まず紙入れを造った袋物屋を当たり、水死体の身元を知ろうとしたのである。

袋物は、布や革でつくる袋物状の入れ物のことを指すが、早道《はやみち》、ひうち袋、巾着、太刀袋、財布、紙入れ、筥迫《はこせこ》、煙草入れなどその種類も多様で、たいがいは袋物師と呼ばれる職人が作り、それを小間物屋や呉服屋、袋物屋専門の店に卸していた。

伊勢屋と屋号が入った袋物なら、その注文を受けた袋物関係を扱う店ならば、どこの、何の商いをしている伊勢屋に頼まれて造ったのか分かるのではないか、平七郎はそう踏んだのである。

そこでまず、袋物で有名な日本橋本町二丁目にある丸角屋《まるかく》、池之端仲町《なかちょう》の越川屋《こしかわ》を始めとして、他にもたくさんの職人を抱えている袋物屋を一つ一つ当たってみたのだが、心当たりは無いと言われた。

袋物屋に心当たりがないということは、伊勢屋の名の入った紙入れは、自前で仕立てる能力を備えた店が造ったということも考えられる。

いわゆるお針子を抱えている呉服商あたりのことだが、呉服に関する店で伊勢屋という屋号は、これまた多い。

とはいえ、頼るのは足である。地道な調べ、こつこつとこなす捜査が実を結ぶ。

今日になって平七郎は、呉服商の多い町を、秀太と手分けして当たったのであった。

木綿《もめん》問屋の多い大伝馬町《おおてんまちょう》、大丸屋《だいまる》で有名な通旅籠町《とおりはたご》、桝屋《ますや》がある麹町《こうじ》、松坂屋《まつざか》がある下谷広小路《したやひろこうじ》、恵比寿屋《えびす》がある尾張町《おわり》など、所どころに伊勢屋という名の暖簾を張るお店を聞いてまわった。

ところがそれも、今のところ何の手がかりも得られなかったという訳である。

「これからは、府内の隅から隅まで、虱《しらみ》潰しに当たるしかあるまい。だがな秀太、こういう調べは、必ずどこかで収穫を得られるものだ。諦めたらそれで終い、念じれば通じるということもあるのだから、自分の足と勘を信じることだ」

平七郎が年長者らしく、しょげかえっている秀太に言い聞かせた。すると、

「ごめん下さいませ。読売に載ってました、伊勢屋の紙入れを持っていたという水死体の男について、少々、お聞きしたいことがございますが……」

ふいに番頭風の男が入って来た。

「伊勢屋か」

秀太は驚いて聞き返した。

「はい。日本橋通り一丁目の裏通りにあります伊勢屋でございます」

「呉服屋か」

平七郎が聞いた。

「はい。諸国の呉服物を扱っておりまして、わたしは番頭の利八《りはち》と申します」

利八は腰を折ると、平七郎に勧められるままに、秀太と向かい合うように框に腰をかけた。

「早速だが、まずは紙入れを見て貰おうか」

平七郎は、男の死体の懐にあった紙入れを、利八の前に置いた。

利八は、あっという小さな声をあげると、紙入れを手に取って、三枚重ねになっている蓋の部分を捲ってみて、

「間違いない……」

呟くように言った。

「あんたの店で誂えた物かね」

平七郎が尋ねると、

「はい。お客様用に、今年の春、店の二十五周年を記念して造ったものですが、うちは袋物屋ではございませんから、抱えのお針子に頼んで縫ってもらったものでございます。で、ここを見て頂ければ分かりますが、蓋の裏の部分に有り合わせの布を使って仕立てたものは、店の者たちに渡したものです」

利八は、紙入れの蓋を開いて、裏地を平七郎と秀太に見せた。

「すると、これを持っていた者は、伊勢屋の奉公人ということだな」

「はい。水死体であがった者は、和助《わすけ》だと存じます」

「和助……」

「和助は、つい先日まで手代だった者です。お役人様、念のために見せて頂けませんでしょうか」

「よし、見て貰おう。一緒に来てくれ。回向院に預かって貰っているのだが、今日明日にも身元が知れないようなら、無縁仏として葬るつもりだったのだ」

平七郎は、紙入れをつかんで立った。

三

はたして利八は、回向院の遺体安置所になっている小屋掛けの御霊屋《おたまや》で、水死体と対面すると、

「間違いございません。和助でございます」

苦々しい表情をみせた。

平七郎は、おやと思った。利八の顔には、数日前まで一緒に働いていた者に対する哀れみよりも、怒りとも当惑ともつかぬものがあった。

店の奉公人だった者の身を案じて、読売の記事を手がかりとし、確かめに来たというのではない利八の複雑な感情が、顔色にも声音《こわね》にも揺れていた。

「すると和助は、店を辞めて女房と郷里に帰ろうとしていたのだな」

平七郎は、和助の側にある女の遺体を、目で指して言った。

「和助に女房などおりませんよ」

利八は、憮然とした顔で言った。

「何……ではこの女は誰だ」

「おそらく、深川の弁天下の女郎宿『三増《みます》』の女の人ではないかと存じます。私は会ったことはございませんが、和助から聞いておりましたから」

「名はなんと言うのだ」

「源氏名は桔梗《ききょう》と言っていた筈です」

「すると和助は、この女を身請けして……」

「いえいえ、そんなお金など和助にはございません。大店の呉服商の番頭や手代なら、お給金も年に何百両という額になると聞いておりますから、女郎を身請けすることなど、なんということもないと存じますが、お話ししました通り、うちは日本橋通りに店があると申しましても裏通りに暖簾をかけているお店です。和助にそんな金はございません。和助は、集金したお店のお金をぽっぽして、この女と駆け落ちするつもりだったのでございますよ」

「では、俺が和助から聞いた、田舎に帰って店を開くという元手は、横領した金だったのか」

「和助はそんなことを言っていたんですか。和助が貯めていた額は十両ほどのものだったと存じます。後はお店のお金でしょう。私たちは和助がお金を持って逃げたと知って、あれからずっと、和助の居場所を探していたところでございました」

「横領した金額は幾らだ」

「三十両ほどです。で、お役人様。和助はその金、持っていたのでしょうか」

「いや……そんな金はなかったのじゃないか」

平七郎は、振り返って秀太に聞いた。

「ありません。遺体は一文も持っていませんでした。金どころか巾着も持っていませんでした」

「そんな馬鹿な……まさか川に落としたのでは……」

「いや、そうではあるまい。利八、和助は誰かに殺されたのだ。殺されて川に投げ込まれたと俺は見ている」

「では、お金は、和助を殺した者が奪ったとおっしゃるのでございますか」

「おそらくな」

「馬鹿な男です。あんなに真面目に働いていたのに……女一人でこの始末とは……」

「……」

「一生を棒に振ったばかりか、命まで失うことになるなんて……馬鹿な奴だ」

利八は、和助の顔に、繰り言を投げつけるように言った。

「しかし、こんなことになったのも私のせいかもしれません」

言いようのない苦い顔を上げると、

「実は、女郎宿に最初に案内したのは、この私でございましたから」

と言った。

利八の話によれば、十八年前の秋の暮れのこと、和助は友人の矢次郎《やじろう》という男と一緒に、雇って貰えないかと店に現れた。

田舎者丸出しで真っ黒い顔をして、店に入ってきた二人を見た利八は、二人の並々ならぬ決心を聞き、主に口添えをしたのである。

丁度店も軌道に乗ったところだった。奉公人の数も揃えなくてはならないと考えていた矢先だったのだ。

通常ならば、同じ伊勢出身の奉公人を募るところだが、口入れ屋から送られてくる若い者たちは、なるだけ大きな商店に勤めたいと思うらしく、なかなか思うように人が集まらなかったのである。

思案しているところに、若い二人が飛び込んで来た。

伊勢屋の主も、それで二人を雇い入れる決心をしたのであった。

とはいえ、奉公人の勤めは辛《つら》い。特に新入りは、朝まだ暗いうちから起きて働かなければならぬ。

後から起きてきた先輩たちが朝食を済ませるまでに、店の掃除を終え、先日から指図されていた商品を蔵から運び出し、棚に並べなければならないのであった。

店が終わった後も同様で、先輩たちが夕食を済ませた後で、ようやく和助たちは食膳につけるといった有様で、並の決心では一からの奉公は長くは続かない。

特に主は、仲買の身からようやく店を持った苦労人で、奉公人に対しても容赦がなかった。

和助と矢次郎は伊勢出身ではなかったから、風当たりも厳しかった。

主は時には、腹立ち紛れに、打擲《ちょうちゃく》することさえあった。

利八が見ても理不尽なその仕打ちを、矢次郎は悲鳴を上げて逃げ回ったが、和助は歯を食いしばって耐えていた。

利八は、主の癇癪《かんしゃく》がおさまると、二人を呼んで、

「辛抱するのだ。一人前だと認められたら、今の待遇から抜け出せるのだからね」

慰《なぐさ》めていたのだが、まもなく矢次郎は店を辞め、どこへともなく去っていった。

だが和助は、どうしても一人前の商人になりたいのだと、利八に言った。ここで辞めたら、この世では本当の敗者になると――。

この世に、生まれてこなくってもいい人間だったと、自分で証明することになる。どうしても勝者の仲間入りをしなくてはならないのだと、和助は言った。

「旦那、和助は私などが思いもよらない辛《つら》い生い立ちだったのでございます」

利八はそこでいったん言葉を切った。

外で待ち受けていた坊さんに促されて御霊屋の外に出たが、その御霊屋を哀れな眼で振り返ると、また言葉を継いだ。

「和助は生まれながらにして父《てて》なし子だったようです。和助が五歳の時に、母親は和助を連れて再縁したらしいのですが、新しい父親には先妻との間に男子が一人いた。和助とは一つ違いの兄さんだったというのですが、義父はことごとく和助を邪魔にしたのです。和助が何か失敗すると母親が叩かれる。どこの馬の骨とも分からない男との間に出来た鬼っ子だと言ってね。母親の実家も水呑みと言われる貧しい家だったが、義父の家も田畑を持たぬ小百姓、地主からわずか二反ばかりの田畑を借りて耕していたらしいのですが、それでは一家が食べていけない訳ですから、田に稲穂がつきはじめると、和助を地主の田の夜守りにやったそうなんですよ」

「夜守り……」

「はい。私も初めて聞いたのですが、作物が鳥や獣の害を受けないように、田畑が見渡せる場所に番小屋を建て、鳥や獣の姿を見つけると、鳴子《なるこ》の紐をひっぱって鳴らしたり、木を叩き合わせて脅すのだそうでございます。ところが番小屋といっても名ばかりの小屋、木を鳥居に組んで、それに藁《わら》を斜めに立てかけただけのものだと言っていました。背中の部分だけは、なんとか雨風をしのぐことが出来たようですが、吹き曝《さら》しで、広さといえば、やっと人ひとり座るだけのものだったらしく……でもそこで数か月を一人で暮らすんです。母親が食事を運んで来てくれたようですが、そのたびに『ごめんよ和助……』そう言って泣いていたそうです。和助はその時、母親に約束したのだと言っていました……『かあちゃん、おれ、大人になったらここを出て、きっと金儲けをして帰ってくるよ』って、何度約束したか分からないと和助は言っておりました」

利八は、話しているうちに、改めて身につまされたようだった。

それだけの過去を背負っていたからこそ、和助は辛抱して勤め、やがて主の信用も得て、手代にまでなったのである。

女のおの字も知らず、遊びにも行かず、給金はずっと母親に送り続けていたようだった。

「なんだか可哀そうになりましてね。一度寄合の帰りに、和助を誘ってやったのです。ところがそれが仇《あだ》になって……桔梗という女を身請けしたい、金を貸してくれないかと相談を受けた時、私は即座に断りました。和助の才覚があれば、どこかのお店に養子に入れる道もあると思ったからです。和助が、これまで築いてきたものをうっちゃって、しかも罪を犯してまで女と逃げる道を選ぶなんて、それまでの和助をみていた私には想像もつかないことでした。今となってではございますが、私は後悔しております」

利八は涙をぬぐうと、主には内緒ですがと言いながら、一両を差し出すと、

「このお金は私のお金です。お店に損害を与えた和助の弔《とむら》いを、私が表に出てやってやることは出来ませんが、これで、なんとか埋葬してやって頂けませんでしょうか」

平七郎の手に押しつけた。

「それと、和助が懐に入れた三十両ですが、和助は十八年勤め上げておりますから、店を辞めれば慰労金が本来なら出る筈でした。その慰労金で三十両を相殺するように主に申します。もちろん、主には、得意先を集金しての帰りを襲われて殺されたのだと、そう伝えます。ですからどうぞ、旦那方のお力で、和助を殺した犯人を捕まえて頂けますよう、よろしくお願い致します」

利八は、腰を折った。

平七郎は、利八の話を愕然として聞いていたが、最後の利八の言葉で、ほっとして頷いた。

秀太も利八の話には衝撃を受けたようだが、利八が回向院の鳥居から姿を消すと、

「平さん。和助はこれで罪を問われることはなくなりました。和助の敵《かたき》、きっととってやりたいと思います。このままじゃあ、和助があまりにかわいそうです」

　興奮した眼を、平七郎に向けた。

「おや、そうでしたか。大川で男女の水死体があがったってことは、読売で知ってましたけど、まさかそれが桔梗だったとは……でもね旦那、だからといって、死んでしまった女郎をひきとったって、厄介《やっかい》なだけですからね」

　女郎宿『三増』の女将《おかみ》は、店の帳場の長火鉢の前で、厚化粧の顔に皺《しわ》を寄せた。迷惑だという感情が、平七郎たちを見詰めてきた顔に露骨に浮かんでいた。

　唇の分厚い女だった。いや、厚いというより、真っ赤な紅を引いている口元は淫猥《いんわい》に見えた。襟を抜き、黒繻子《しゅす》の帯をしどけなく結んだ姿は、場末の、女郎宿の主を如実に物語っていた。

「女将、そういう言い方はないだろう」

　秀太はむっとして女将を睨む。

「旦那、何言ってんですか。あの子は足抜きしたんですよ……借金残して。損害被ったのはこっちなんですよ」

「人ひとりが死んだというのに、損害はないだろう。馬や牛じゃないんだぞ」

「どうとでもおっしゃって下さいな。とにかく、ひきとるなんてことは出来ませんから、そちらで適当に葬ってやって下さいな」

にべもない。

「女将、俺たちは桔梗を引き取れのなんのと言いにきたんじゃない。なぜ、殺されたのか。誰に殺されたのか、それを知るために、いろいろと話を聞いておきたいだけだ」

平七郎は、ぐいと睨んだ。

煙管《きせる》に煙草を詰めていた女将は、むっとして睨み返すと、長火鉢の火で煙草に火をつけて、苛々《いらいら》と吸いつけると、自分が相手をしているのは奉行所の同心だということを悟ったのか、はたまた、早く引き上げて欲しいと思ったのか、

「あの子にはね、身請けの話があったんですよ。今日にもその金が入るところでした。それを……」

悔しそうに吐き捨てて、

「相手は和助さんだということは分かっていましたからね。若い衆に後を追ってもらいましたよ。そしたら千住で足留め食らっていることが分かりましてね。それですぐに走って貰ったんですが、千住の宿からも逃げた後でした」

「まさか、お前たちが仕置をしたんじゃあるまいな」

「冗談じゃありませんよ。金になる女を殺したりしたら、こっちが上がったりじゃありませんか。まったく、踏んだり蹴ったりなんですから」

「桔梗の両親の住まいはどこだ」

「品川ですよ。飲んだくれの親父さんが飲み代をせびりに二度ほど訪ねてきたことがありますが、あたしは詳しいことは知りませんね。そうだ……お峰《みね》」

女将は、近くで雑巾《ぞうきん》がけをしていた下働きの女中を呼んだ。

「あんたなら、少しは知ってるだろ。旦那、この子は桔梗の用足しをしてた子ですから、この子に聞いて下さいな。申し訳ありませんが、あたしはこれから、出かけなきゃならないんですよ」

女将はそう言うと、忙しそうな顔をして、奥へ消えた。

お峰は、はいという歯切れのいい返事をすると、平七郎たちの側に来て座った。

お峰は、まだ十五、六歳かと思われた。若くて張り裂けそうな体を縞《しま》柄の木綿の着物に包み、襷《たすき》をかけていた。むき出しになった二の腕が、はち切れそうだった。

「お役人様……」

お峰は、女将が奥にひっこむのを見届けてから、懐《ふところ》から古いお六櫛《ろくぐし》を出し、すばやく平七郎に手渡して、

「桔梗さんの持ち物です。女将さんには内緒です」

お峰は、女将が消えた奥を気遣いながら、小さい声で言った。

「実は女将さん、本当は大川で上がった死体が桔梗さんだってこと知っていたんです。だから読売を見てすぐに、桔梗さんの持ち物は全部取り上げてしまわれました。この櫛は、

古くて安物の櫛だから捨てなさいって言われたんですけど、桔梗さんはこの櫛、おっかさんの形見だって言っていたんです。慌てて出て行って、忘れていったのだと思いますが、これ、一緒に葬ってやって頂けないでしょうか」

お峰は手を合わせた。

平七郎は頷いて、お六櫛を懐におさめると、

「お峰、先程の話だが……桔梗の在所は品川で、母親は亡くなっているが、父親は健在だということだな」

「はい。でも、おとっつあんて言ったって、桔梗さんには義理のおとっつあんなんです。おっかさんが桔梗さんを連れて再縁したらしいですから」

「何……」

――和助と事情が似ている……。

と平七郎は思った。

「女郎に売られたのも、酒屋にたまったおとっつあんの酒代を払うためだったんだって言ってました」

「なんてことだ。平さん、酷《ひど》い父親じゃないですか」

秀太は膝を打って、吐き捨てるように言った。

「でも、もう、おっかさんも亡くなったんだからって……それで桔梗さんは決心したんで

す。せめてひとときでもいい、和助さんと暮らしたいって……」

「ふむ……」

平七郎は、膝の上にそろえているお峰の手に眼を遣《や》った。先程は気づかなかったが、娘の手とは思えないほど荒れていた。

お峰は、平七郎の視線に気づいたのか、恥ずかしそうに手を前垂れの下に隠し、

「捕まって殺されても本望だって、そう桔梗さんは言ってました」

「お峰、女将にも聞いたんだが、桔梗と和助は、女将が送った追っ手の者たちに殺されたんじゃあないだろうな」

「いえ、それはないと思います。見失ったって大騒ぎしていましたから……」

お峰はそこでいったん言葉を切ると、いっそう声を潜めて、

「あたし、てっきり、二人は和助さんの友達のところにでも匿《かくま》ってもらってるのかなって、思ってました」

「友達のところに行くと言ったのか」

「いざとなったら、和助さんの友達がいるからって、桔梗さんはそんなことを言ってましたから」

「平さん」

秀太が緊張した声を上げた。

「その友達だが、どこに住んでいるのだ」

「さあ、それは……でも名前は矢次郎さんという人だと……」

「何、矢次郎と確かに言ったのだな」

「ええ」

「そうか……矢次郎か。お峰ちゃん、いろいろ聞いてすまなかったな」

「いいえ、あたしももうすぐ、お客さんの相手をしなくてはならないのです。桔梗さんのこと、ひとごととは思えないんです。どうか、その櫛のこと、宜《よろ》しくお願い致します」

「必ず約束するぞお峰。だからお前も、挫《くじ》けるんじゃないぞ」

平七郎は、目の前にいる若い娘のこの先を考えると、励まさずにはいられなかった。

「ありがとうございます」

お峰は頭を下げた。元気な声だった。

だが、顔を上げたお峰の双眸《そうぼう》には、黒々と光るものが揺れていた。

四

「親父、その二人連れだが、この茶店で一服したのは、千住の大橋が足留めになった翌日だと言ったな」

平七郎は、草団子を運んで来た親父に聞き返した。

「はい。あの日は嵐の翌日で、千住に向かう旅人も、府内に入って来る旅人も、まったく途絶えておりましたから、よく覚えています。二人は並んで、旦那がかけていなさるその床几《しょうぎ》に腰かけておりました」

「二人は千住の方から来たんだな」

「はい。橋が足留めになっているから、府内に引き返すのだと言っておりやしたが、うちの店の茶釜のお茶を、一度飲んでみたくて寄ったんだと、そうおっしゃって……」

親父は、小屋掛けの店先で白い湯気を上げている茶釜を振り返った。

この小屋掛けの店は『光茶銚《ひかりちゃがま》』で有名な茶店だった。

読んで字のごとく、茶釜が光るということらしいが、別に金で出来ている訳ではない。よく磨いていて光っているという意味らしい。

場所は、単調な田園が続く土手道にあるのだが、評判は評判を呼び、ここで一服する旅人は多いと聞いている。

平七郎と秀太は、三増のお峰の話から、和助と桔梗が追っ手の気配を知って、千住の宿にはいられなくなり、いったん府内に戻ろうとしたのではないかと見当をつけていた。

府内に引き返すとしたら、どの道を通り、そして何処で誰に殺されたのかをつかむために、二人は千住の宿から二手に分かれて、その足取りを追った。

府内に戻るには、千住の宿から牛頭天王社《ごずてんのうしゃ》の前を抜け、上野《うえの》に抜ける道もあるのだが、二人が隅田川に浮いていたことを考えると、そちらの道をとったとは考えられなかった。

そこで秀太は、小塚原町《こづかつぱら》から山谷《さんや》を抜け、花川戸《はなかわど》に至る道を調べ、一方の平七郎は、小塚原町から月桂寺《げっけいじ》を抜け、塩入《しおいり》土手と呼ばれている土手道を通り、鏡《かがみ》カ池から隅田川沿いの橋場《はしば》町の渡し場に向かうことにした。

光茶銚の茶屋は、この土手道の途中にあった。

もしやと思い、茶店に立ち寄ると、はたして、和助と桔梗はこの茶屋で休息していたのであった。

秀太が辿《たど》って調べている道は通りも広く、人の目にもつきやすいと考えたからに他ならず、二人はこの土手道を通って府内に戻る算段だったようである。

「親父、二人はどんな話をしていたのか知らないか」

「さあ……そういえば、おなかに赤子がいるんだと言っておりやしたが」

「赤子が？」

「へい。それであっしが、柿を一つ差し上げましたら、そりゃあ喜んで……いえね、そこにあるその柿ですよ。嵐でずいぶん落っこちてしまいやして、その一つを差し上げたのでございやす」

なるほど、茶店のある広場の隅に、土手にへばりつくように一本の柿の木があり、よく熟れた柿が実っていた。

「そしたらご亭主が、自分はいいから全部食べろと、おかみさんに勧めておりやしたが、その姿が仲睦《むつ》まじく、あっしまで幸せな気分になりやした。あっしが知っているのは、それぐれえのことでございやす」

親父は、茶店を出た二人の後ろ姿も見送っていて、亭主が女房の体を庇《かば》いながら行く姿にほほえましさを感じながらも、一方で、どことなく元気のない、侘《わび》しげな姿だったと言った。

茶店を出た平七郎は、二人の足跡を追いながら、ささやかな夢を叶えたいために追っ手を逃れ、この道を支えあって引き返して行った二人の哀しげな姿を思い浮かべていた。

まさかこの先に待っているのが死であることなど、想像もしなかったに違いない。

心中の道行きならば、少なくとも当人たちは納得で死に向かう。だが二人は、ささやかな幸せを求めていた。

貧しく哀しく生まれた和助が、そこから這い上がるために、どれほどの苦労をして手代になったか……だがその地位までも振り捨てて桔梗と故郷に逃げようと思ったのは、ひとえに、桔梗に自分と似通った過去を見たからに違いない。

――哀れな……。

と平七郎は思った。

犯罪を追う者は、常に人の世の切なさと直面するが、和助、桔梗の逃避行も例外ではないようだった。

ただ、二人がこの間道を通った理由は、人目につきにくいという他に、もう一つの理由があったと、平七郎は考えていた。

友人矢次郎の存在である。

はたして、平七郎が鏡ヵ池のほとりの飯やの前に立った時、平七郎や秀太とは逆に、今戸から橋場、そこから千住への道中を調べていた読売屋のおこうに会い、重大な話を聞くことになった。

「平七郎様、二人は橋場から向嶋《むこうじま》に渡ろうとしていたようですよ」

おこうは、形の良い鼻を、つんっと伸ばしてみせた。

難しい探索の足がかりをつかんだ、得意げな表情だった。

おこうは、平七郎の袖を引っ張るようにして、池のほとりの腰かけに誘い、

「あの日は、渡しの舟はなかったんです。まだ川の水はおさまっていませんでしたからね。そこで和助さんは、河岸の小屋で渡し賃を集めているお爺さんに、お金ははずむから誰か紹介してくれないかと言ったらしいんですが、それも断られた。親方に頼むのには手《て》蔓《づる》がなくては駄目なんだと……」

「親方とは、渡しの元締め、千五郎《せんごろう》のことだな」

「はい。でも、それでも和助さんは諦めきれなかったようで、今度は、鬼烏《おにがらす》の親分にはどこにいけば会えるのかと聞いたそうです」

「鬼烏だと……確かにそういったのか」

平七郎は、険しい顔をして、おこうを見詰めた。

平七郎が定町廻りを外される少し前、浅草辺りの賭場を荒らして回っていた札つきの壺振りが鬼烏であった。

鬼烏は、商人を賭場に誘っていかさまで金を奪うという荒手の壺振りだった。

巧妙なのは、初めの数回はどんと勝たせて賭場から抜けられないようにしておいて、その後じっくり絞り上げるというやり口で、鬼烏に騙されたと訴え出た商人がいたために、奉行所もほうっておけなくなり、何回か賭場の手入れをしたことがあった。

だがその度に、するりするりと逃げられたという苦い経験がある。

調べていくうちに、鬼烏は金のためなら人殺しでもなんでもやるという話もその時聞いたが、その正体は賭場で鬼烏とつきあいのある胴元さえも知らないという謎の男だったのである。

平七郎はその後、定町廻りを外れたが、いまだにお仕置は受けてないということか――。

「私が橋場のお爺さんに聞いたところによると、鬼烏という人は、近頃では橋場で抜けの渡しの手配もやっている人だというんです。それに、橋場で賭場も開いていて、裏稼業では名の知れた人だっていってました。ただ、どこに住んでいるのかは知らないから、渡りをつけたい人は、賭場に行くしかないんだって」

「すると和助は、賭場に行ったということか」

「おそらく……鬼鳥に会って、舟を調達したのかもしれません。和助さんは、対岸に渡って、木母寺《もくぼ》から里屋《さとや》の関に入り、綾瀬《あやせ》川の橋を渡って奥州路に出るつもりだったのではないでしょうか」

考えられないことはないと、平七郎は思った。

花川戸まで引き返せば、大川橋は風雨の被害から免《まぬが》れていたから、対岸に渡ることは可能だった筈だ。だが和助の頭の中には、三増からの追っ手の姿が離れなかった。

花川戸まで引き返せば、必ず捕まると思ったに違いない。いや、事実、捕まっただろうと平七郎は思う。

鬼鳥という得体の知れない男に頼み込んでても、つまり危険を冒してでも、向こう岸に渡る必要があったのである。

「辰吉には、和助さんたちが大川を渡ったのかどうなのか、そのあたりを探ってもらっています」

「ふむ……」

平七郎は、美しい顔を緊張させて手際よく話すおこうを見た。

——しかし、真面目一方だった和助がなぜ、鬼鳥などという悪党を知っていたのか。

思案を巡らす眼と、おこうが見詰め返して来た眼が一瞬絡《から》み、おこうは、恥ずかしそうにくるりと体を回して背を向けた。

読売屋として臆することなく、事件の解明に向き合っていこうとするおこうには、したたかな分別をもった一人前の女を感じるが、平七郎と眼が合って恥ずかしそうに背を向けた白い襟足には、紛れもない、若くて瑞々しい女の一面が見えた。

「えへん」

平七郎は咳《せき》払いをすると、中断された考えをもとに戻して、志を抱いてこの江戸に入ってきたおりの熱い思いを語った和助の姿を思い出していた。

よくもまあ、この世には揉《も》め事の多いものよと、奉行所に出仕するたびに平七郎は思う。

奉行所の門は朝の六ツ（午前六時）には開くが、同心が出仕してくる朝の五ツ半（午前七時）頃には、訴えに来た者、公事《くじ》を待つ者たちで控え所はいっぱいになり、昼頃には奉行所の表門近くで店を張る茶屋の腰かけも満席になる始末である。

この、奉行所前に建つ茶屋は、所内の仮牢に入っている者たちへの差し入れ品も置いてある。身内の者は、たいがいこの茶屋で用足しをする。そういう特殊な茶屋でもあった。

平七郎は秀太と二人、千住大橋の修理を終えた報告をするために、上役の与力大村虎之助のもとにやって来たのだが、秀太一人を上役のもとにやり、平七郎は門前で吟味方与力の、一色弥一郎が出仕してくるのを待っていた。

訴え人や公事人の姿を眺めていたのは、弥一郎を待つ間のひとときだったが、町人たちの顔に宿る深刻な表情を見るにつけ、改めて同心の職務の重さを知るのであった。

――とはいえ……。

平七郎は、懐から木槌を出して眺めてみる。

自分の職務は、人の訴えごとや事件を追っかけるのではなくて、相手は府内に架かる橋である。

しかしこのところ、橋の点検だけでは終わらなくなった。橋を往来する人の哀歓を知るにつけ、定橋掛という職務もなかなかやりがいのある、捨てたものではないというふうに考えるようになった。

木槌は、橋の傷みを知るだけでなく、人の心も知る道具のようにも思えて来る。

掌《てのひら》に、二度三度木槌を打ちつけながら、そんなことを考えていると、ふっと近くにいた門番の視線に気がついた。

「ふむ…」

平七郎はわざとらしく、木槌を陽の光で点検するように翳《かざ》して見て、すとんと格好をつけて懐におさめると、ちらっと門番に眼を見遣った。

門番は慌てて視線を逸《そ》らして、六尺棒を握り直したようだった。

平七郎が、ふっと苦笑を漏らして、その眼を茶屋の方に向けた時、一色弥一郎が小者に挟《はさ》み箱を持たせて継裃《つぎがみしも》姿で出仕して来た。

「立花……」

弥一郎は、平七郎を見つけると、苦い顔をして近づいて来た。

「門前で待ち伏せか」

迷惑だという表情を露骨にみせる。

「そういう訳ではございませんが、昨夕お願いした一件、お調べ頂いたでしょうか」

「ああ……」

弥一郎はむすっとした顔をしてみせた。

だが周りを見渡して、与力や同心の姿がみえないと知るや、すり寄るように平七郎の横に立ち、扇子で口を覆《おお》って、平七郎の耳元に囁《ささや》いた。

「鬼鳥だが、あれから一度も捕縛した形跡はない。まったく、定町廻りにも困ったものだ。綱紀の緩《ゆる》みだな。お前をこんな閑職に飛ばしたことを上は後悔すべきだな」

弥一郎は人ごとのように言った。

平七郎が定町廻りから橋廻りに回されたのは、弥一郎のせいではないかと思うのだが、ここはそんなことを言っている場合ではない。

「では、その後も、鬼鳥については何も調べは進んでないということですか」

前を向いたまま、平七郎は語気荒く聞いた。

「いや、少しは分かっていることもあるぞ。これだ」

弥一郎は、自身が書きとめた紙片を出した。

「分かったのは、それだけだ」

紙片を平七郎の掌に置き、弥一郎はそれで小者を連れて門の中に消えた。

平七郎は、ちらと紙片に眼を走らせると、懐におさめたのち、門内を振り返った。

紙片には極めて重大な手がかりが書かれていた。上役に報告に行った秀太を待たずに、このまま引き返そうかと思ったのである。

——上役への報告は、秀太で足りる。

踏み出そうとしたその時、

「平さん」

後ろから秀太の声がした。

振り返ると、秀太が、足早に近づいて来た。

「大村さんが呼んでいます」

　秀太は困惑しきった顔をしていた。

「報告は終わったんだろ」

「それはいいんですが、別の話です」

「何だ、そんな怖い顔をして」

「私も言い渡されましたが、平さんも私も謹慎だそうです」

「謹慎」

「はい。ただの水死体を殺しだと言い、勝手に職務を離れて探索に及んだことへの処分なのだそうです。私は随分と説明も致しましたが、けじめをつけなければ、定町廻りが納得しないだろうと、そう言うのです。ですから、むこう一月《ひとつき》は出仕に及ばず」

「何、むこう一月だと」

　平七郎は、くすくす笑った。

「平さん、笑いごとじゃありませんよ。奉行所は何のためにあるんですか。同心は、どうあるべきだというのでしょうか。縄張り争いをして、悪い奴らをほうっておくなんて、おかしいじゃないですか」

「秀太、怒るな。まあそう、興奮するな」

　平七郎は、声を出して笑った。

五

「平七郎殿、笑い事ではございませぬ。お父上様がここにいらしたら、なんとおっしゃるでしょう」

里絵は、例によって仏壇の前で平七郎に小言を言い、膝を回して仏壇に手を合わせた。

「ああ……あなた、申し訳ありません。私の育て方が悪かったのでございましょうか。どうぞ、お許し下さいませ」

まるで、罪を犯したごとくの嘆《なげ》きを見せる。

もっとも里絵は、普段からなにごとも大袈裟にとらえる方だから、側に座らされている平七郎は、そこのところは割り引いて聞いている。育ててもらった恩は恩、平七郎は母の里絵にだけは逆らえないのであった。

「母上、父上は分かってくれている筈でございます。もうそろそろこのへんで……」

「何がこのへんですか」

里絵は、また平七郎の方に膝を戻すと、厳しい顔をしてみせた。

「母上、謹慎になったとはいえ、本日からは非番でございます。実質はなんの差し障《さわ》りもございません」

「だからと言って、軽々しい気持ちで過ごしてはなりませんよ。他行禁止を申し渡されているのでございましょ」

「そうですが、何も見張りがついている訳ではございませんから」

「まっ、なんということを……」

「ご心配なく。母上を悲しませるようなことは、この平七郎、けっしていたしませんから……」

そう言わねば、この場を離れられそうもないと思った。

案の定里絵は、ほろりとして、

「あなた……今の言葉を、お聞きになりましたでしょうか」

仏壇に向かって呟いた。

「では、私はこれで……」

ようやく解放されて立ち上がり、縁側に出て、さてと思った。

与力の一色弥一郎から貰った半紙には、鬼烏の素性が認《したた》められていた。

名は、矢次郎。生国は大田原。

鬼烏は、和助の友人で、田舎から十八年前にこの江戸にやってきた矢次郎だった。

和助は、伊勢屋をやめた後の、矢次郎の暮らしを知っていたと思われる。

親友の矢次郎ならば、逃亡に手を貸してくれるに違いないと思ったのだ。

だが和助が、あの時、矢次郎に会えたのかどうか、まだ掴んでいる訳ではない。読売屋の辰吉からも、何の連絡もまだ入っていなかったのである。

——おこうたちばかりに、頼ってもいられぬ。

平七郎が自分の部屋に引き返し、両刀を手に縁側まで戻って来ると、

「平七郎様、いらっしゃいましたか」

又平に案内されて、裏庭に入って来た者がいる。

「源治じゃないか……」

驚いて見返すと、

「旦那、ちょいと話を聞いて頂きてえ人を、連れて参りやした」

源治はそう言うと、後ろを振り返って若い男を促した。

「その者は？」

「へい。昔、いえ昔といっても三年ほど前ですが、舟の操り方を教えてやったことのある蓑吉《みのきち》という野郎でござんす」

「ふむ……」

「この蓑が、あっしのところに助けを求めてめえりやして……それが旦那、蓑は鬼鳥に命を狙《ねら》われているっていうんでございやすよ」

「何……おい、ちょっと立ったままではなんだ。ここにかけて、じっくり話を聞かせてく

れ」

　平七郎は、二人を手まねいて縁側に座らせると、自身も腰を据え、さてっと蓑吉という男を見た。

　蓑吉は、びくっとして俯くと、掬い上げるような眼で平七郎にぺこりと頭を下げてきた。

「蓑、この旦那はな、悪いようにはしねえから、安心して話しな」

　源治が側から口を添えると、

「旦那、あっしは、和助さんとかいうお人と、連れの女が殺されるのを見た者でございやす」

　蓑吉は怯《おび》えた顔で言った。

「よし。詳しく話せ」

「へい……あれは、大川が増水した翌日でした。渡し舟はまだ見合わせるということで、あっしたち船頭は、朝から橋場の賭場で手慰《てなぐさ》みをして暇《ひま》を潰しておりやした……」

　賭場は橋場の渡しが見渡せる、隅田川沿いにある小屋に毛が生えたような一軒家だが、長い間空き家になっていて、いつの間にか人足や船頭の博打場になった所である。

　賭ける金も四、五十文、賭場は鬼鳥が仕切っていた。

　この賭場では負けが込み、鬼鳥に用立ててもらった者は、鬼鳥がどこからか持ち込んで来る、抜けの渡しや人足仕事でそれを返せば済むので、気軽に遊べる賭場だった。

鬼烏は、今戸や花川戸にも賭場を開いているようで、そちらは金を持っている商人たちが客だった。

だから橋場の賭場に出入りする者は、皆気楽に遊べるかわりに、いざとなったら鬼烏の手足になって働く者ばかりだった。

蓑吉も二年前から橋場の荷船に乗り、向嶋や川下の町に荷物を運んでいた。

だが近頃では賭場の負けがかさみ、例のごとく鬼烏にめこぼしをして貰っていた口である。

——今日こそはじっくりと勝負に出てやる。

その日蓑吉は大川の渡しが休みなのをいいことに、朝から賭場に居続けていた。だが気づくと、結局前日の倍の借金が出来ていた。

「ちっ」

舌打ちして立ち上がった所に、旅姿の夫婦者が、顔を覗かせた。

「ここは、おめえさんたちの来るところじゃねえ」

蓑吉が追っ払おうとすると、

「私は鬼烏の知り合いです。和助といいます。鬼烏のところに連れて行って頂けないでしょうか」

と言う。悲壮な顔をしていた。

「親分はどこにいるのかわからねえよ」

「そこをなんとか」

和助は、大金をはずむから川向こうに渡してくれるよう鬼烏に頼みたいと言ったのである。

――金になる。

蓑吉は正直、そう思った。

「わかった。なんとか探してきてやるから、そこの河岸で待ってな。いいか、誰にもそんな話をしちゃあ駄目だぞ」

仕事をとられるのが嫌で、蓑吉は和助に言い聞かせて、鬼烏が囲っている女の店に走った。

店は『しのぶ』という小さな飲み屋である。

鬼烏は常時その店に居る訳ではなくて、住家はあっちの賭場、こっちの賭場といった定まらぬ生活だが、女を抱きたくなるとしのぶに行くことを蓑吉は知っていた。

はたして、しのぶに駆けつけると、鬼烏は二階に寝そべって暇を持て余しているようだった。

「親分……」

蓑吉が、和助が訪ねてきたことを掻《か》いつまんで告げた。

すると、鬼烏はむくりと体を起こして、怖い顔をして蓑吉に言った。

「蓑、おめえが舟を漕げ。俺も一緒に乗り込もう。ただし、日がとっぷり落ちてからだ。それと、誰にも口を滑《すべ》らせるんじゃねえぜ」

鬼烏は冷笑を浮かべていた。

——あの二人を殺すつもりだ。

蓑吉は、もうこの時点で、和助たちの運命を予測していたのである。

やがて大川が黒い夜の帳《とばり》に覆われた頃、鬼烏は和助たちを舟に乗せ、橋場の岸を出発した。

川はまだ荒れていて、小さな舳先にとぼした炎一つでは、舟を漕ぐのは骨が折れた。

舟はゆれながらも大川を横断して行く。

「矢次郎、助かったよ。ありがとう」

和助は、友人に会えた安堵感からか、ほっとした顔を見せ、田舎に帰ったら懐にある金で店を開くつもりだから、お前も帰ってきた時にはぜひ店に寄ってくれなどと、つい口を滑らせたのである。

舟の渡し賃は三両出すという約束だったが、その時、和助の話を聞いた蓑吉は、和助の懐にある金は、三十両は下るまいと計算していた。

それは鬼烏の矢次郎も同じだったろうと思われる。

「あいつは真面目な男だからな。こつこつと貯めた金をたっぷり持っていやがる筈だ」

鬼烏は、舟に乗る前にそんなことを言っていたのである。

やがて舟は、向こう岸に着いた。

人っこ一人いない暗闇の川岸である。

「恩にきるよ、矢次郎」

和助が女の手をとって、舟から降りようとしたその時、

「待ちな……」

鬼烏の眼が闇に光った。

「和助、その懐にある金そっくり、置いていけ」

「矢次郎、何を言うんだ……まさかお前は」

「そのまさかだが悪いな、和助。一緒に出てきたこの江戸から、おめえ一人、故郷に錦を飾ろうってか……」

「矢次郎」

「いや、どうやらおめえも、やばい道に足、踏み入れたんじゃねえのかい。だから、こんな天気にもかかわらず舟を使いたいなどと言ったんだろ。命だけは助けてやるから、その金、置いていけ」

「いやだ。駄目だ。この金は渡せない」

和助は、女の手を引っ張って飛び下りた。

だが、地に足を着けたのは、矢次郎の方が先だった。しかも矢次郎は、かねてより舟の中に隠しておいた木刀をひっつかんで飛び下りた。その木刀で間髪を入れず、二人の頭を打ち据えたのである。

「矢、矢次郎……」

暗闇の中で断末魔の声が上がった。

「き、桔梗……」

和助は桔梗を呼んだ。

明かりは舟の舳先の灯一つ、その淡い灯の先に、和助と桔梗が手を伸ばして握り締めあって、まもなく息絶えるのが見えた。

「悪く思うんじゃねえぜ」

鬼烏は、すばやく和助の懐を探り、どっしりと重い巾着を奪い取ると、

「おい、死体を舟に乗せるんだ」

ことも無げに蓑吉に命じたのである。

二人は重たくなった死体二つを舟に乗せ、川の中ほどまで運び、まるで俵を投げ落とすように棄てた。

大きな水音が不気味に響き、ふっとなにげなく鬼鳥に眼をやった蓑吉は、血走った眼の鬼鳥が、すぐ側にいるのに気がついた。

——俺も殺される。

蓑吉は、咄嗟に川に飛び込んだのである。

「それからずっと、鬼鳥に見つかれば殺されると思って逃げ回っておりやした。金もねえから、あっちこっちで野宿をしていたんですが、夜の寒さは凍るようで……。それで、決心して源治さんに助けを求めたんでござりやす」

「よし、分かった。蓑吉、お前が知っている鬼鳥が仕切っている賭場を、すべて教えてくれ」

平七郎が身を乗り出した時、

「平七郎様」

おこうが慌てた様子でやって来た。

「おこう、何があった」

「辰吉から連絡がありました。鬼鳥はどうやら江戸を出るらしいって……」

「何、確かか」

「はい。実は昨夜、花川戸の賭場で騒動があったそうです。鬼鳥がいかさま賭博で店を乗っ取ろうとしていた相手にバレて、賭場を出たところで、散々に痛めつけられたそうなんです。相手は古着屋の『東西屋』です。東西屋はやくざ者を使って鬼烏に報復したようです……」

「東西屋とな」

「表の顔は古着屋ですが、本当のところはわかりません。辰吉はその騒動を見ていたらしいんです。で、鬼烏は東西屋から、一両日のうちに江戸から消えなければ、次は命を貰うと脅されたようでございます。それで、鬼烏はしのぶの店も今日のうちに手放したようですから、今夕にも江戸を発つんじゃないかって知らせてきたんです。辰吉は一人で鬼烏にへばりついています。ですから、平七郎様にすぐに来て頂きたいと……」

「分かった。おこう、すまぬが秀太にすぐにここに来るように知らせてくれ」

「承知しました」

おこうは、踵《きびす》を返して裏庭から消えた。

「平七郎様、お供いたしやす」

源治がきりりとした顔で、頷いた。

「旦那、風が出てきましたぜ」

源治は猪牙舟を軽快に漕ぎながら、俄《にわか》に出てきた風の行方を、川面に立つ波の模様に見たようだった。

「ふむ……」

平七郎は腕を組んで座り、緊張した顔の秀太と見合わせた。

猪牙舟に乗って犯人を追うのは、平七郎にとっても久し振りだった。

こうして源治の舟に乗り、川風を受けてみると、定町廻りだった頃を思い出す。

さすがの平七郎も、興奮していた。

むろん秀太は、舟に乗って犯人捕縛に向かうなど初めてで、舟に乗り込んだ直後から、こちんこちんに固まって、無言で前を見据えていた。

秋の日足は早く、永代橋のおふくの茶屋から舟に乗り込んだその時には、澄んだ川面は青々として、陽の光にきらきら輝いていたのだが、両国橋を過ぎ、大川橋を過ぎ、都鳥が無数に浮かぶ今戸を過ぎた辺りから、急に日が落ちてきた。

川の両岸を彩っている紅葉も心なしかくすんで見える。

「旦那、蘆火《あしび》です。そろそろ冬支度ですかね」

源治が木母寺を過ぎた辺りに、白い煙があがっているのを目で指して言った。

蘆火というのは、水辺に茂っている蘆を焚《た》く火のことを言う。

秋が深くなると蘆を刈りとり、それで屋根を葺《ふ》いたり、葭簀《よしず》を作ったりするのだが、刈り入れの時、足元が濡れたりして体が冷えると、刈り取った蘆を集めて焚き火をし、体を暖めるのである。

晩秋の夕暮れ時に、水辺にゆったりとした白い煙が上る様は、人の心の奥に潜む郷愁を誘うのである。

平七郎たちが蘆火のあがる大川端をさらにのぼって千住に着いた頃には、辺りいったいは薄墨色に包まれていて、大橋の往来もまばらであった。

辰吉は、千住大橋の南袂の、石灯籠《どうろう》の前に蹲《うずくま》っていた。

「辰吉」

「これは旦那、間に合わないのじゃねえかと、心配しておりました」

辰吉は、体を起こして平七郎を認めると、ほっとした顔をみせた。

平七郎は、秀太を橋の北詰めに待機させ、自分は南詰めで辰吉と張り込むことにした。

源治は、北袂の橋桁あたりに舟を繋いで、その時を待っている。

「来るかな……」

平七郎は聞いた。

「来てますぜ」

辰吉は、旅籠の通りを差した。

「今日はここで一泊するということか」

「いえいえ、飯やで夕食をとっておりやす。この千住で泊まるにしても、橋の向こうでしょう。向こうに渡れば安心ですからね。橋一つのことですが、向こうまでは東西屋も追ってくることはないでしょう。それに、宿も橋向こうの方が多いですから……旦那」

辰吉が、言葉を切ったと思ったら、川沿いにある飯やから旅姿の男が一人、用心深く見渡した後、外に出てきた。

平七郎も辰吉も、灯籠の陰に腰を落として、その旅人の姿を追った。

「間違いない、あれが鬼鳥です」

辰吉が、平七郎の耳に囁いた。

鬼鳥こと矢次郎は、用心深い眼で辺りを見渡し、足早に橋を渡り始めたのである。

往来する人影は絶え、上り始めた青い月が、矢次郎の後ろに影をつくって渡って行く。

人の往来があれば、矢次郎の捕縛は北千住に入ってからだと思っていたが、幸い人っこ一人、橋を渡る者はいないようだった。

「辰吉……」

平七郎が促すと、辰吉は人差し指を口に銜《くわ》えると、澄んだ音色の指笛を吹いた。

矢次郎は笛の音に、いったん立ち止まって周囲を見渡したが、人影が橋の上にいないのを確かめると、また足早に歩き始めた。

「行くぞ」

平七郎は、飛び出すと同時に、一気に矢次郎の影に向かって走って行った。

「待ちな」

異変に気づいて、身構えて振り返った矢次郎を呼び止めた。

「鬼烏の矢次郎、和助桔梗殺しで捕縛する」

平七郎が言い放つ。

「知らん。和助とは誰のことでえ」

「知らぬとは言わさぬ。お前の友人ではないか。十八年前、互いに誓い合い、志を持ってこの橋を渡ったろう」

「何だと……」

矢次郎が、懐に手を差し入れた。どうやら匕首《あいくち》を呑んでいるようだ。

平七郎は構わず続けた。

「十八年前、この橋は祭りで綱引きが行われていた。お前と和助は飛び入りで綱引きをして、褒美《ほうび》の酒を振る舞われたのではなかったのか。そのお前が、和助の金を奪うために命を狙うとは……この江戸で唯一の友人だった和助を襲うとは、鬼畜にも劣る振る舞い。はずかしいとは思わぬのか」

「知らねえと言ったら、知らねえ」

「そうかな。蓑吉が吐いたぞ、なにもかも」

じりっと歩を寄せたその時、矢次郎は橋の北袂に向かって駆け出した。

だがすぐに、その足が止まった。

向こうから秀太が姿を現した。

「ちくしょう」

矢次郎は匕首を抜いた。

「役人のお前たちには俺の気持ちが分かるめえ。仲の良かった友だち同士、確かに十八年前、この橋を渡って来た。共に田舎に錦を飾ろうじゃねえかと約束してな。だがよ、俺だけが取り残された。和助一人が故郷に帰るなんぞ許せねえと思ったんだ。しかもあいつは、女をみせびらかしやがった。こんなにいい女を手に入れた、そう言わんばかりにな」

「矢次郎、あの女だが、けっしてお前に見せびらかそうとしたんじゃないぞ。いや、他人にお披露目できる女じゃなかったんだ」

「なんだと」

「あの女はな、春をひさぐしか生き方を知らぬ不幸な女だったのだ。だが和助は惚《ほ》れた。惚れ抜いて、のっぴきならないところまで追い詰められたのだ。しかしその苦しさも、お前ならわかってくれるに違いないとお前を頼った。それなのにお前に殺されて、和助が哀れだと思わぬか、悪いことをしたと思わぬのか」

「う、うるせえや。世の中、金持ってる方が勝ちだ。生き残った方が勝ちだ」

矢次郎は、しゃにむに突っ込んで来た。

両手に握り締めた匕首が、月の光を受け、きらりと一条の線を引いたかに見えた。

だが次の瞬間、平七郎は懐から木槌を出して、突いてきた匕首を躱《かわ》すと同時に、その手首をしたたかに打ち据えた。

「あっ……」

橋上に、乾いた音を立てて、匕首が転がった。

その匕首を拾い上げようとして、伸ばしてきた鬼鳥の手を、平七郎はぐいとつかんで捩《ね》じ上げると、片方で匕首を拾い上げ、矢次郎の喉元に突きつけた。

「やめろ、やめてくれ」

柄にも似合わず、矢次郎は悲鳴を上げた。

「許せぬ」

平七郎の拳が飛んだ。

重たい音を立てて、矢次郎は橋の欄干までふっ飛んだ。

「秀太、縄をかけろ」

平七郎は、欄干で震えている醜い男の顔を、ぐいと睨んだ。

ふっと、平七郎の胸に蘆火が上がった。

怒りの火のように思えたが、そうではなかった。

和助と桔梗を送る切ない炎だった。

目の前にいる悪人に命をとられていなければ、和助と桔梗は、どこかの蘆火を眺めながら旅を続け、いまごろは紅葉染まる故郷に立っている筈だった。

そう思うと、夕刻見たあの白い煙は、ひょっとして二人の魂ではなかったか——。

平七郎は、月夜に浮かぶ千住の橋のその先にある奥州路に、思いを馳《は》せた。

第三話　忍び花

一

「ふーむ……」

秀太は、積み上げた材木に五尺竹を当て、渋い顔をした。

五尺竹というのは、長さ五尺に切ってある割竹の物差しを言い、河岸に積んだ荷の高さをこれで計っていた。

特に神田川北側の、向こう柳原《やなぎわら》とも呼ばれている佐久間《さくま》町河岸一帯は、積み荷の高さは五尺と決まっていた。

これは、この河岸に積んだ材木置場から度々出火して火事を起こしていることから、それを防ぐための制限だった。

今では材木屋の数も往時ほどではないが、それでも、和泉《いずみ》橋の北袂の両河岸には材木屋や薪《まき》屋が多く、河岸には高さ五尺ぎりぎりまで商品が積み上げられていた。

「春木《はるき》屋」

材木の積み荷に竹尺を当てていた秀太が振り返った。

春木屋とは、この河岸の積み荷の管理を任せてある材木屋である。

「も少し、控え目に積み上げろ」

秀太は春木屋の顔を睨むと、厳しく言った。

「これでは駄目でございますか」

春木屋は、がっかりした顔をした。

「何だその顔は……不服か」

「いえ、そういう訳では……実は先月ですが、南の旦那方は、これでいいとおっしゃって」

「南は良くても、うちは駄目だ」

「はい」

「どうせ南の旦那方は、心づけを貰うのに忙しくて、そんな甘いことを言ったんだろうが、北はそういう訳にはいかぬ。火事でも出せば一巻の終わりだぞ。なにもかも失うのだ」

「おっしゃる通りで」

「わかればいい。いいか、この河岸は、五尺が一寸でも高く積んではいかん。違反すれば罰金だ」

「申し訳ありません。今後は五尺より一寸でも高く積まないように、徹底致します」

春木屋はひたすら謝る。

ついに側から平七郎が口を出した。

「秀太、それぐらいにしてやれ」

「平さん……」

秀太は、また邪魔をするのかという顔をしてみせた。

「春木屋、この平塚の言っていることは、けっして嫌みでもいじめでもないぞ。いらぬ災害を防ぎたいがために言っている」

平七郎は、ちょいと秀太に花を持たせる言い方をした。

「承知しております」

春木屋も、横から助け船を出されたものだから、ひたすら素直に頷いてみせる。

「十日ほどしてまた参る。それまでに、荷の積み方をもう一度徹底させるようにしろ」

「きっとそのように致しますです、はい」

春木屋は手を揉みながらそういうと、そそくさと河岸を回って、そこかしこにいる人足たちに、荷の積み上げ方を改めて言いつけているようだった。

人足たちが、ちらっ、ちらっと、こちらに不服そうな視線を投げてきているところをみると、春木屋は北町奉行所は口うるさいとかなんとか言って、人足を説得しているに違いなかった。

秀太はしかし、だからといって、それで終《しま》いにして引き上げるといった手抜きはしない。

「平さん、私は和泉橋の東側に参ります。すみませんが平さんは、もう少し向こうまで、こちらの河岸を点検しておいて頂けませんか」

と言った。

「承知した」

平七郎は秀太から竹尺を受け取ると、そこここに積載している荷の高さを計りながら、西に移動して行った。

ざっと点検を済ませると川岸に立った。

見渡したところ、川岸には白い穂を出した茅《かや》が一群を成し、草々は茶に染まり始めていた。

ふと顔を上げると、向こう岸の柳原土手には、鎌を手にした襷《たすき》がけの武士数人の姿が見えた。

柳原堤には、近隣の大名屋敷や旗本屋敷から飼馬の餌にするために草を刈りに来る。

青葉の見えるうちは、朝夕襷がけの武士や中間《ちゅうげん》をよく見かけていたが、今年はもう刈り納めになるのではないかと、平七郎は眺めていた。

「ふむ……」

だがふっと平七郎は、武士たちの行く手に見える、草の茂った清水山《しみず》に目を遣った。

山とは言うが、正確には土手にあるちょっとした岡である。幅にして三間か四間あまり、その岡の裾、つまり川岸の草地に、真っ赤な花の一群が見えた。

曼珠沙華《まんじゆしやげ》だった。

誰にも踏みつけられることもなく、手折られることもなく、清水山に根づいた草花は、曼珠沙華に限らず悠然と咲いて、散る。

よその地で、その花の姿が見えなくなっても、清水山では随分長い間咲いている。

それは、町人も武士も、この一角にだけは踏み入れないからだった。

一歩でも踏み込めば、祟《たた》りがあると恐れられていたからである。

場所は、丁度和泉橋と筋違《すじかい》橋の中間点辺りだろうか、この清水山には、土手の祠《ほこら》から清水がわき出ていて、それが神田川に流れ込んでいた。

その水が神水だと噂されるようになり、人々は汚すことを恐れて近づこうとはしない。

水を汲んだ者達が思いがけない災難にあったという噂が広まり、噂は噂を呼んで尾ひれがついて、今では誰もが触らぬ神に祟りなしと、一帯に踏み込むのを敬遠しているのであった。

草は茂り放題で、眺めたところ、まだ柔らかそうな草が風に揺れていて、さぞかし飼馬の餌には良いのではないかと思うのだが、どこの武家の家来たちもこの清水山の草だけは刈らなかった。

——ずいぶん風が冷たくなったたな。

平七郎は、襟を合わせると踵《きびす》を返した。

母の里絵が、襦袢を重ね着するように部屋まで持ってきてくれたのだが、平七郎は部屋の隅に置いたまま出てきている。

着てくれればよかったと、ふっと母の里絵の顔を思い出した。

せっかく新しく縫った襦袢を渡したのにと、里絵は平七郎が出仕した後部屋をのぞいて、気を悪くしたに違いない。

——少しまずかったかな。

ふと、そんなことを考えながら、河岸を横切って通りに出た。

すると、

「あら、平七郎様」

ふいに横町から、おこうが現れた。

「二人そろって、ネタ探しか」

平七郎は、おこうの後ろから顔を出した辰吉を見て言った。

「ネタはあったんですが、肝心要《かなめ》の人物がどこの誰やら、捕まえられないんです。がっかり……」

「その落胆ぶりでは、余程面白い話だったようだな」

「ええ、昨日の夕方、野良犬に襲われそうになった男の子を救ったお人がいるんです」

「人助けか、美談という訳だな」

「まあそうですが、その犬、ただの野良犬じゃなかったんですよ。狂犬で手がつけられなくて、これまでにも何人も被害にあった恐ろしい犬だったんです。そんな犬をどんな人が退治したのかと調べに来てみたら、お手柄の人の名も住まいも分からないっていうんですから……」

「ほう……凡人なら、手柄を立てたのは俺だと吹聴《ふいちょう》したくなるのが人情だが、その男は何も言わずに立ち去ったのか」

「ええ、そのようです」

「武士だったのか」

「いえ、町人だったというから、ちょっと興味あるでしょ」

「なるほどね」

平七郎は相槌を打ち、おこうたちと肩を並べて、秀太のいる和泉橋へと足を向けた。

「平さん、その男はですね」

辰吉が、水たまりをよけて飛びのくと、また平七郎に肩を並べてきて言った。

「まるで悪いことでもして逃げていくように、名も名乗らず、住家も告げず、いつのまにか立ち去っていたというんでさ」

辰吉が聞いた話では、佐久間町はじめ近隣の町内では、ずっとその野良犬に悩まされていた。

既に何人かの子供がその犬に嚙まれていたこともあって、数日前には町内の男たちが野良犬を捕獲しようとしたらしい。だが、歯をむき出して飛びかかって来る犬の狂気に気圧《けお》されて、結局捕獲もままならず、頭を抱えていたところだった。

そんなおり、町内の乾物屋の息子で勘太《かんた》という八歳の男の子が、店の前で遊んでいるところを狙《ねら》われた。

勘太は手に、焼き芋《いも》を持っていた。

腹のすいた野良犬は、その焼き芋が目当てだったのではないかというのだが、突然路地から現れて襲いかかり、勘太は恐怖のあまり突っ立ったまま動けなくなった。

だがその時、どこからともなく走ってきた若い男が、勘太に飛びかかった犬の足をむずとつかんで引き倒し、素手の一撃で殺してしまったというのであった。

「勘太の両親はむろんのこと、町内の役人一同、その若者になにがしかのお礼をしたいと近隣の町にも問いあわせをしたらしいんですが、誰にも心当たりはない。第一見慣れぬ顔だったと……。そんなところに、読売に載せたいって私たちが乗りこんでいったものですからね、逆にその恩人を探すために尋ね人で載せてくれねえかって、頼まれちまったんですよ」

辰吉は頭を掻いた。

「しかし、犬とはいえ素手で一撃で殺すとは、そうとうな腕前だな」

「首の骨が砕《くだ》けていたっていいますからね」

辰吉は、掌《てのひら》を喉元に突きつけた。


「これは立花様、その節はお世話になりまして、ありがとうございました」

翌日のことだった。浅草の阿部川《あべかわ》町の番屋を覗くと、町役人の丹兵衛《たんべえ》が敷居際まで出てきて手をついた。

「さっそくだが、丹兵衛。せんだって俺が検分した死人だが、誰が殺《や》ったのか分かったのか」

平七郎は上がり框《かまち》に腰を据え、体をねじって丹兵衛を見た。

十日程前のことである。

新堀川《しんぼりがわ》を南の方から点検して、阿部川町にさしかかった時、阿部川町の番屋に常駐している国助《くにすけ》が慌てて駆けて来た。

呼び止めて聞いてみると、阿部川町西町で死人が出た。見たところ殺しのようでもあるので、急いで町方を呼びに行くところだというのであった。

「立花様に見て頂ければ有り難いのですが……」

などと言い、国助は助けを求める。

「平さん、検分してやったらどうですか」

側にいた秀太が言った。秀太はついでに、知っていると思うが、この人は、かつて定町廻りでは、その名を知られた腕利きの同心だったお人ですよ、などと余計なことを言う。

秀太は知らぬが、実は平七郎は国助とは知らない仲じゃない。定町廻りだった頃からの知り合いだった。それもあって国助は、縋《すが》るような目を平七郎に向けてきた。

「よし、じゃあそうするか」

平七郎は頷いた。

すぐに国助と番屋に立ちより、そこに居合わせた丹兵衛と一緒に、死人が出たという裏長屋に向かった。

丹兵衛は町内の家主である。むろん平七郎とは以前からの知り合いだった。

「立花様、こちらでございます。殺されたのは彦六《ひころく》と申しますが、一人住まいで渡り中間《ちゆうげん》をしておりました」

丹兵衛に案内されて、家の中に入った。

途端に、この家だけがひんやりとして、色のない世界に立った気がした。間違いなく死人のいる家の空気が漂っていた。

死人は、上がり框に続く板の間に、大の字になって仰向けに倒れていた。

大男だったが、驚いたのは、男の胸に載せてある一本の真っ赤な曼珠沙華だった。

「曼珠沙華は、死人花《しびとばな》ともいわれる花ですよ」

秀太が、彦六の胸から曼珠沙華を取り上げて、くるりとまわして、

「でもまだ新しいですね、この花……摘んできたばかりのようだ」

秀太は、尋ねるように丹兵衛を見た。

「もう曼珠沙華も終いですが、でも、この辺りですと、川っぷちや田圃《たんぼ》の土手などにはまだ咲いています」

「お前が置いたのか」

秀太が、曼珠沙華で丹兵衛を指した。

「とんでもございません。彦六が死んでいるのを見つけたのは、隣のおたけさんですが、その時にはもう、その花は胸の上にあったそうですから」

丹兵衛は薄気味悪い顔をして、曼珠沙華を見て言った。

「丹兵衛、これは殺しだな」

遺体を検分していた平七郎が、顔を上げた。

「やはり殺しですか……見たところ外傷がなかったものですから。一度は変死ということにしようと思ったほどです」

「首の骨がな、折れている」

平七郎は、彦六の首の肢中を指した。

外見では無傷のようだが、喉元に手刀を打ったような跡があった。

余程、武術を鍛練した者の仕業と考えられる。

「砕けているといってもいいな」

平七郎は顔をしかめて立ち上がると、

「すぐに町奉行所に走り、定町廻りに来て貰うのだ」

あれこれと丹兵衛に指図して、町内を後にしたのである。

平七郎は橋廻りである。

それ以上の段取りや始末については、定町廻りに委《ゆだ》ねるべきだと判断したからだった。

だが、昨日神田の佐久間町で起きた犬事件を聞いた時、犬の致命傷になった傷と、平七郎が検分した彦六の傷とが、よく似ていると思ったのだ。

彦六も犬も、首の骨を砕かれて即死していた。

二つの事件の下手人は、案外同じ人物かもしれぬ。

平七郎は、彦六殺しのその後の進展を聞きたくて、今朝一番に吟味役の一色弥一郎を訪ねてみたが、そんな話は聞いたこともない、何か理由があって『捜索に及ばず』という処置になったのではないかと言われたのであった。

そこで、わざわざ阿部川町の番屋までやってきたのだが、はたして丹兵衛は、浮かぬ顔をしてみせた。

「その様子では、うやむやになったのだな」

「はい。立花様のお指図通りに、奉行所に届けたのですが、やって来た定町廻りの皆さんは、突然死で始末しろとおっしゃって」

「事件にはせぬと……」

「彦六は、渡り中間というのは表の顔で、実はどうしようもない博打《ばくち》打ちでした。脅《おど》しもやるし喧嘩《けんか》もやる。以前にもお役人にはお世話をかけていました。まあ、この辺りのダニのような男でしたから、そんな男一人、どんな死に方にしろ亡くなってほっとするのが人情だ。始末してくれて有り難いぐらいだと……それで、犯人捜しは打ち切りになったのでございます」

「ふむ、しかし、彦六の身内はどうだ。納得したのか」

「彦六に身内はございませせなんだ。郷里さえ分からない男でしたので……」

「そうか」

そういうことだろうと思っていた。

迷惑千万な悪人とはいえ、町方が勝手にその者を消してしまう訳にはいかないのだから、世間に害をなすような、常々手を焼いている人間が殺されると、時折、奉行所は見て見ぬふりをするのである。

奉行所の限られた人手を考えれば、無理からぬことであった。

「まあ、そういうことなら、仕方があるまい」

平七郎は番屋を出ると、その道をまっすぐ東にとって新堀川に出た。

そこでふっと川岸に一輪の曼珠沙華が咲いているのを見て、また阿部川町に引き返した。

彦六の胸に置いてあったという血の色をした、可憐な流線美の、あの曼珠沙華をまた思い出したからだった。

平七郎は、彦六が住んでいた長屋を訪ね、彦六の死体を実見した隣家のおたけという女に話を聞いてみようと思ったのだ。

はたしておたけは、丁度日雇稼ぎから帰ってきたところだったようで、もっこを土間に下ろしたところだった。

「彦さんの話を聞きたいって言われても、あんまり良くは知らないんですよ。あの人、ここでは鼻つまみ者だったからね」

「出入りしていたのは、やはり、やくざ者か」

「目つきのよくない、遊び人のような男は、見たことがありますよ。でもそれだって、滅多にやって来る訳じゃあないんです。だってあの人の根城は、どっかの賭場だっていう話だったからね」

おたけは、聞かれるのも面倒臭そうに井戸端に向かうと、ほこりだらけの前垂れをぱんぱんとはたき、せわしなく井戸の水をくみ始めた。

「そうか……で、彦六の死体を見つけた時の話だが、誰かと争っているような音を聞いたとか……」

「知らないね。あの時も、仕事から帰ってきたところだったしね」

「お前の亭主はどうだ」

「うちの人は、通いの桶《おけ》職人ですから、夕方にならないと帰ってこないし」

「なぜ、隣を覗こうと思ったのだ」

「お金を貸していたんですよ」

「彦六にか」

「ええ、うちだってぎりぎりだって言うのにさ。金を貸してくれなんていうから、一分貸してやってたんだ。亭主はあんな男に返して貰おうなんて思うな、なんて言ってましたけど、あたしはね、いくら隣の人だって貸したものは貸したものでしょ。あの日、仕事から帰って来てすぐに、返して貰おうと思ったの。でね、戸口から声をかけたけど返事がないわけ……また飲んだくれてるに違いないって思ったのさ、それで中に入って、死んでいるのを見つけた訳よ」

「そうか……いや、忙しい時刻にすまなかったな、いろいろ問いただして」

嫌味の一つも言われるかと思ったが、

「いいさ。旦那のようないい男だったら、いくらでも……」

おたけは、片目をぎゅっとつぶってみせた。

「どうも……」

片手を上げて、踵を返すと、

「旦那」

後ろから、おたけのすっとんきょうな声が飛んで来た。

「今思い出したんだけどさ、あたしが木戸まで帰って来た時、このあたりでは見たこともない若い男とすれ違ってね」

「ほう……どんな男だ」

「背のすらりとした、切れ長の眼だったかな。あわせたのは眼だけだったから、後は覚えていないけど、まあ、どちらかというと、いい男だったかな……」

おたけは、うふっと思い出し笑いをして、

「向こうもびっくりした顔をして、あたしと眼を合わせてさ、あたしがあんまりいい女だからかなって、そう思ったものさ」

「で、その男は、それからどうしたのだ」

「帰って行ったよ。近所に用事でもあって来たんじゃないのかい。でもまさか、あの人が……」

おたけは、ふと恐ろしげな顔をした。

「おたけ、彦六の死は町方がもう調べることはないだろうが、今の話は誰にもしない方がいいいな」

平七郎は、おたけに注意を与えて長屋を後にした。

二

「平七郎様、首の骨を一撃で砕かれて殺された事件が起こりましたよ。今度は、殺されたのは人間です」

おこうは、平七郎の顔を見るなり言った。

通油町にある読売屋の一文字屋に入った途端、平七郎を待っていたのは意外な知らせだったのである。

おこうのいう事件とは、どうやら彦六殺しとは別なものらしい。

「こっちも、犬退治をした男の行方は、その後どうなったのかと、それを聞きたくてやって来たのだが……殺されたのはどこの誰だ」

「隣町の大伝馬町の紙屋『大和屋《やまと》』の次男坊です。名は為次郎《ためじろう》……」

「ほう、遊び人ではないんだな」

平七郎は、阿部川町の裏長屋で、首の骨を折られて殺されていた彦六事件を手短におこうに話した。それを知らせるために、やって来たのだと——。

「あらいやだ、気味が悪いわ。平七郎様、実は為次郎さんの死体の胸にも曼珠沙華が置かれていたっていうんですもの」

「何、まことか」

「ええ、大和屋さんへの詳しい調べは、いま辰吉が……」

「殺された場所はどこだ」

「元旅籠町の西方寺《さいほう》です」

「寺か……」

「ええ、私、今から行ってみようかと考えていました。ご一緒しますか」

「そうだな」

領いて踵を返すと、

「これは平さん、お帰りですか」

調べに行っていた辰吉が帰って来た。

「いや、これからおこうと西方寺に行ってみようかと言っていたところだ」

「それじゃあ、あっしもお供して、調べて来たことを歩きながらでも」

辰吉は、平七郎と肩を並べた。

「いやあ、驚きましたよ。大和屋は店の者たちに箝口令《かんこうれい》を敷いてましてね、為次郎は病気で死んだことにして葬儀を行うようですね。どうやら殺されたことを、表沙汰にはしたくないようでした」

「なぜだ」

「あっしも出入りの紙屋の手代にようやく聞いたんですが、為次郎という人は、どうしようもない道楽息子だったようです。大和屋では手を焼いていたらしいんです」

「為次郎というからには、兄がいるのか」

「はい。今の店の主が兄です。大和屋の先代、つまり為次郎の父親は先年亡くなっておりまして、西方寺に葬られているらしいんです」

「そうか、西方寺は檀那寺《だんなでら》だったのか」

「へい……ではね。あまりの放蕩《ほうとう》に腹を立てた母親が、長男夫婦に遠慮もあったのだろうと思うのですが、為次郎を改心させるために父親の墓参りにやったんだそうでございます。ところが、皮肉にも父親の墓の前で殺されたというのですから」

「ふーむ。それで定町廻りの調べはどうなっているのだ」

「さあ……見たところ、一人も町方の旦那の姿はありませんでしたね。病死扱いにしたところをみても、これ以上町方に店の前でうろうろされては、商いに障《さわ》ると思っているんじゃないでしょうか」

「……」

平七郎は、なんとも腹立たしく、もの悲しい気分だった。

たとえ手を焼く道楽息子だったとはいえ殺されたにもかかわらず、家族の誰もが、その死に怒りを表さないばかりか、ひたすら隠そうとする、なんとも非情な仕打ちではないかと思った。

おそらく為次郎は、同じように首を砕かれて死んだ彦六と、どこかで通じていたに違いない。

二人の共通点、その交わるところに居る者が、二人を殺したに違いないのだ。

彦六はやくざのような男だった。そして為次郎は家族も手を焼いていた程の道楽息子だった。すると、二人が交わる場所に居た者とは……。

その者は、二人を殺す機会を、ずっと狙っていたに違いない。二人が殺されたのは、けっして別々の災難ではないのだと、平七郎は考え始めていた。

それにしても、死体の胸に曼珠沙華を置くというのが不気味だった。

死者に花をたむけるという意味ではなくて、死者と殺人者だけが知る何か、二人に関わりのある者にしか分からない暗示があるように思われた。

「平七郎様、墓地は本堂の左手を入ったところです」

おこうの案内で平七郎が西方寺の墓地に立ったのは、残照が長い木の影を墓石に落とし始めた頃だった。

特に、色づいた紅葉が墓地の一角に赤く映えているのは、妖しいまでの美しさがあった。

二人で大和屋の墓碑を探していると、辰吉が若い僧を連れて小走りにやって来た。

僧は、困ったような顔をして言った。

「和尚《おしょう》様はご葬儀で参られましたが、何をお知りになりたいのでしょうか」

「平さん、和尚に口止めされているようですよ」

側から辰吉が言った。

「いや、すまんな。一つだけ教えてくれるか。俺も仕事だ。他言はいたさぬ。そなたに迷惑はかけぬよ」

平七郎は苦笑して、

「お前が、為次郎の死体を発見したのだな」

「はい」

「その時刻に、他に人は見かけなかったのか」

「そうですね。為次郎さんを見つける四半刻ほど前でしたか、私が境内の見回りを始めてすぐでしたが、墓地の方から見慣れぬ若い男が出て来まして、帰っていきました」

「見慣れぬ男……」

「はい」

「ではそれ以外ではどうだ。誰か墓参りに来ていたとか」

「時刻が時刻でしたから誰も……そういえば『日吉屋《ひよし》』さんの娘さんで、おそでさんが来ていました」

「おそでというのは、よく見知っている者か」

「乾物屋の娘さんです。時々商いの品を持って参りますから、よく存じております。感心な娘さんで、その折には必ずお墓参りをして帰られますから」

「そうか……で、為次郎の遺体だが、その後で見つけたのだな」

「はい、さきほども申しましたように、みなさんが帰られて、しばらく経ってからです。お墓参りをされた方がたむけたお線香の火で、火事になってはいけませんので、夕刻、寺の門を閉める頃には一度見回ることになっております。為次郎さんを見つけたのはそういうことでございます。ですから、それ以上のことを聞かれましても……」

坊主は引き返そうとする。

「すまぬがもう一つ」

平七郎は、その坊主の袖をつかむようにして引き止め、

「お前が為次郎の遺体を発見した時には、曼珠沙華は為次郎の胸にあったのだな」

「はい、そうです」

「この墓地には、曼珠沙華は咲いていたのかな」

平七郎は、墓地をひとあたり見渡した。曼珠沙華は見あたらなかった。

「いえ、こちらにはございません。あのまだ何か、余計なおしゃべりを致しましては、和尚様に叱《しか》られます」

坊主は迷惑そうな顔をした。

「いや、手間をとらせてすまなかった。もういいぞ」

平七郎は、そこで坊主への聞き込みを止めた。

曼珠沙華と一撃で首の骨を砕く若い男……いずれも、阿部川町の裏店で殺されていた彦六の状況と一致するものである。

「平七郎様。その、お墓参りをしていたというおそでさんですが、日吉屋さんといいましたよね。この間犬に噛まれそうになった話ね、その日吉屋さんの息子さんの話なんです」

「何」

「おそでさんというのは、犬に襲われた子の姉さんです」

おこうは、キラリとした目で頷いた。

「おそでさんだね。ちょっと聞きたいことがあるんだが、そこまで一緒に来てくれぬか」

平七郎が、海苔《のり》乾物屋『日吉屋』の娘おそでを呼び止めたのは、和泉橋の西袂だった。

おそでは、三味線の稽古《けいこ》に行くために、和泉橋を渡ろうとしたところだった。

平七郎は、朝からずっとおそでが一人になるのを待っていた。

日吉屋は、おそでの両親の他には、男女一人ずつの奉公人がいるだけの、小さな店である。

そんな店の中で、病死扱いになっている為次郎殺しについて話を聞くのは憚《はばか》られたし、両親や奉公人の手前も考えると、おそでが外出するのを待つしかないと思ったのである。

おそでの弟で、野良犬に襲われた勘太という少年は、佐久間町河岸を近隣の友達と飛び回って遊んでいた。子供たちの中では兄貴格で、やんちゃで元気な男の子だった。

勘太のひときわ大きな元気な声は、和泉橋でおそでを待っている平七郎の耳朶《じだ》にずっと届いていた。

「何のお話でしょうか。私、これからお稽古がありますから」

おそでは当惑した眼で、平七郎の顔を窺《うかが》った。

萩に菊を散らした小袖に黒繻子の帯、襟もはやりの黒襟をかけた姿は、若い娘の可憐な雰囲気を醸《かも》し出していた。

だが、ためらいをみせたのは一瞬のこと、おそでは浮かぬ顔をして、黙って平七郎について来た。相手は同心である。逆らう訳にはいかないと思ったようだ。

平七郎は橋の袂から河岸に下りると、振り返っておそでに尋ねた。

「他でもないんだが……西方寺で起きた事件のことだ……」

おそではは っと目を伏せた。伏せたまま、その先の言葉を待っていた。

「あの寺で、あの時刻に、つまり、お前が墓地から出てきた時刻に殺人があったのだが、知っているね」

おそでは、こくんと頷き、

「後で人伝《ひとづて》に聞いて知りました」

小さな声だった。

「後でということは、お前は何も知らなかったということかな」

「はい……」

「怪しい人間も見ていなかった……」

「ええ」

「おかしいな。寺の坊主の話では、その時刻に見知らぬ男が寺を出て行ったし、お前もその後を追うように、帰って行ったと言っていたが」

おそではびくっと身を固くしたようだった。だがその眼は相変わらず伏せたままである。顔をあげて眼の色を読まれるのを、恐れているように見えた。

「そうか……まっ、それはそういうことなら、仕方があるまい」

平七郎は、そこから突然話題を変えた。

「ところで、お前の弟は、犬に襲われそうになったところを、通りすがりの人に助けられたと聞いたが、お前はその時、どこにいたのだ」

おそでが店番をしていたというのは、近所の者から既に聞いて知っていたが、改めて確かめてみようと思ったのである。

「私はお使いに行っていました」

「ほう……すると、弟の勘太が助けてもらった時には、側にはいなかったということか」

「はい」

「じゃあ、勘太を助けた人間が、どんな人相風体の男だったのか、知らないのだな」

「知りません」

おそでは、きっぱりと言った。

——おそでは嘘をついている……。

平七郎は確信した。

おそでに、勘太を助けてくれた男の人相風体を尋ねたのには訳があった。

二人の男を殺した技と、犬を素手で一撃で殺した技は、おそらく同じものだ。二人を殺し、犬を退治した者は、同一人物だと考えたのだ。

三件ともに、若い男が周辺で目撃されている。

その男を、最も近くで見た者は、おそでしかいないと……。

だが、おそでは否定した。疑問の糸を断ち切るほど、はっきりと否定したのである。

「そうか……いや、足留めして悪かったな。これで行ってもいいぞ」

平七郎が告げると、おそではほっとした顔を上げて一礼すると、逃げるような足取りで袂に出て、一気に和泉橋を渡って行った。

「平さん、嘘をついていますね、あの娘は……」

辰吉だった。

橋の袂で待っていた辰吉が、歩み寄って来て言った。

「勘太に聞いたところによると、犬をやっつけた男は、口元にほくろがあったというんです」

「ほくろが？……犬の事件があってから、もう随分日も経つが、間違いないだろうな」

「姉のおそでもそのことは知っていたらしく、近くの稲荷《いなり》の秋祭りがあった日に、おそでは、その男を見つけたと、勘太にそっと話しています」

「何……」

「ただ、誰にも言うなと、内緒だと言ったそうです」

辰吉は、河岸の草原で友人とおっかけっこをして遊んでいる勘太の姿を追いながら、

「なぜですかね。なぜそんなことを勘太に言ったんでしょうか」

「辰吉、しばらくの間おそでが外出するたびに、尾《つ》けてみてくれ」

平七郎も、無邪気に遊ぶ勘太の姿を追っていた。

三

一色弥一郎に呼び出されたのは、翌日の夜だった。

場所は柳橋《やなぎばし》の南袂に並んでいる料理屋のひとつ『いづも』だった。

まさか今人気の、いづもの会席料理を振る舞ってもらえる筈もない。常々平七郎の呪縛《じゆばく》から逃れたいと考えている筈の一色が、自分の方から誘いをかけて、しかもその場所が料理屋とは、いったい何を考えているのかと訝《いぶか》しく思いながら、女中に案内されて離れの小座敷に入った。

すでに一色は到着していた。

いや、一色ばかりか、平七郎の見知らぬ、色白の神経質そうな歳の頃二十五、六の武家がいた。

「立花、紹介しよう。このお方は旗本一千五百石、小野寺左京《おのでらさきよう》様のご嫡男で千之助《せんのすけ》様とおっしゃられる」

一色は、重々しく言った。

だがその声音も、千之助という男に向ける媚《こ》びた視線も、まるで小野寺家の家士のように見えた。

――そうか。一色は、小野寺家とは特別の関係にあるのだな。

平七郎は、そう思った。

与力は、大名旗本からつけ届けを貰うかわりに、何かあった時には智力を貸す。それは公然と行われていた。

大身の旗本を別にしても、大名だけでも三百諸侯も江戸には居る。

それが南北両奉行所合わせても僅か五十騎の与力に、常日頃から近しい関係を築こうとするのだから、与力は甘い汁にはことかかない。

だが、だからといって悪に手を貸せば罪になるのは必定で、その見極めが与力には要る。

「定橋廻り同心、立花平七郎でございます」

ともあれ、平七郎は手をついた。

「ふっ」

ふむと言ったのか、ふんと言ったのか、ともかく千之助は鼻で返事を返して来た。

すると、一色が身を乗り出すようにして、

「実はな、立花。その方に頼みたいことがある」

「わたくしに……」

平七郎は苦笑した。

どうせろくでもないことに決まっている。それも目の前にいる傍若無人の感がする若様のためなのかと、正直うんざりした気持ちだった。

一色は、何かしら密事を打ち明けるような神妙な声で続けた。

「北町の当番月もまもなく終わりだろう。そこでだ、このたびの非番の月だけでいいのだが、このお方を守ってほしいのだ」

一色は千之助をチラリと見て言った。意外な頼みごとだった。

「私が、小野寺様をお守りするのでございますか」

「さよう」

「しかし……私は橋廻りの同心です。用心棒稼業はやってはおりません」

平七郎は、きっぱりと言った。

「堅いことを申すな、平七郎。持ちつ持たれつということがあるではないか、それにな、この方が外出する時だけでいいのだ……ん？」

「一色様。私が引き受けられないと申したのは、なぜそのような奇態な申し出をされるのか、その訳を仔細《しさい》に打ち明けて貰えない限り……」

平七郎は、千之助を見て、一色を見た。

「奇態な申し出と申すのか……いや、そうかも知れんが立花、このお方が無法な危難にさらされているということは間違いないのだ。どうかな、お前の腕を買っての相談なのだ」

一色は上役の面子《めんつ》がかかっている、黙って受けろと言わんばかりである。

「しかし、どういう理由で身辺に危険を感じているのか、ご本人の口から、正直にお話しいただかねば……お引き受けするかどうかは、その後の話です」

厳しく見返した。さすがの一色も口をつぐんだ。

すると、側でいらいらと聞いていた千之助が、分かった分かった、理由を話そうと言ったのである。

千之助の表情には、切羽《せっぱ》詰まったものが感じられた。

「一年前のことだ。ふらっと遠出をしたくなってな。知り合いの町の者を供にして桶川《おけがわ》の秋祭りに行ったのだ。で、その晩、宿場の娘と親しくなった。まあ、どこにでもある話だ。祭りの雰囲気にのまれたということだと思ってほしいのだが……何をとちくるったのか、その娘が別れたくない、お江戸に連れて行ってほしいなどと言い出した。正直困った。祭りの晩に起きたことだ。ささいな間違いなどいくらでも起こるし、それが許されるのが祭りだろう。それで、なんとか説得して帰ってきたのだが……」

「立花、その娘だが、その後自害したらしいのだ」

一色がすかさず口を挟む。

「自害ですか」

平七郎が一色に向けていた視線を、きらっと千之助に投げた。

「当てつけだ」

千之助は、冷たく言った。そしてふっと笑みを漏らし、

「まったく、田舎娘というのは……」

だが、すぐにその顔が凍りついたように白くなった。

「いや、思慮のないのはその娘ばかりではない。その女の身近な人間に違いないのだが、私に恨みをもった者がいる」

千之助はそこで言葉を切った。だが溜め息をつくと、

「その奴の仕業に違いないのだ。そ奴は、そのおり私が連れて行った供の者を、二人とも手にかけおった」

千之助は、吐き捨てるように言った。

「許せぬ。そうだろう」

同意を求めるように言い、拳《こぶし》を膝の上で握り締めた。額には幾筋もの青筋を走らせながらさらに続けた。

「そ奴は、今度は私を殺そうとしているのだ」

「ほう……なぜ、そう思われるのでしょうか。なぜ、今度は自分の番だと……」

平七郎は、千之助の眼をじっと見た。

千之助の声には、憎しみと怯《おび》えが混在していた。

「なんと申されました」

平七郎の方が凝然とした。首の骨を砕かれて死んでいた彦六と、そしてもう一人、大和屋の次男の為次郎のことを思い出していた。二人の屍の上に置かれていたまっ赤な花が頭をよぎった。千之助は言葉を重ねた。

「あの曼珠沙華が、私への警告のつもりなのだ。ふざけた真似《まね》をしおって……」

「お待ち下さい。今ひとつ、お聞きしたいことがございます」

平七郎は、二人の名を出して、巷《ちまた》にはよく似た事件があるものだがと、千之助に説明すると、

「それだ。私が供に連れて行ったのは、その二人だ」

千之助は絶叫した。

「娘と知り合った神社に、あの花が咲いていたのだ。夜目にも鮮やかだったことを覚えている」

だが千之助は、そこで次の言葉を失ったようだった。そこから先をどう続けるのか窮《きゅう》しているように見えた。

部屋は沈黙に包まれた。

「曼珠沙華だ」

いらいらしている千之助を見て、その沈黙を一色が引き取った。

「立花、ゆえなき逆恨みで人を殺める錯乱者、許しがたいと、そうは思わんか。千之助様は、得体の知れない者に、常に見張られているようだとおっしゃってな、それで私のところに相談に参られたのだ。出来ればそ奴を捕縛してほしいと申されておる」

「しかし一色様、殺された者が者だけに、その件については、奉行所は関知しないと……」

「それはあの時の話だ。確かに定町廻りは、手が回らぬと言っている。その陰で千之助様のような方が狙われているなどということは知らないからな。しかし、千之助様はそれでいいと申されておる。出来ればひそかに捕まえて引き渡してくれればそれでいいのだと。むろん、千之助様が襲われた場合は、斬り捨ててもらってもいっこうに構わぬと……」

「しかし……」

「立花、表向きの方針とは別に、こうしたお役目も奉行所の大事なお役目だ。それを拒《こば》もうというのではあるまいな」

一色の言葉には、威圧と懇願が相半ばしているように見えた。

平七郎は溜め息をついた。

「一つ約束願えませんか」

平七郎は、一色を、そして千之助を見た。

「何だ、言ってみろ」

「千之助様の話に、万一、嘘があった時には、その場で手を引かせて頂くが、それでよろしいでしょうか」

「むろんだ。千之助様に、お前が案じてるようなことなど、ある筈がないではないか」

一色はほっとした顔でいい、

「さて、そうと決まったら」

膝元にある鈴を振った。

すぐに、するすると足音が近づいて来て、廊下に蹲《うずくま》ると、

「失礼いたします」

すらりと障子が開いた。老練な感じのする中年の仲居が、窺うように顔を上げた。

「話は終わった。料理を運んでくれぬか」

一色は、笑みを浮かべて言った。

「一色様、私はまだ勤めが残っておりますので、これで……」

平七郎はすっくと立った。とてもこれ以上、酒食を共にする気にはなれなかった。

「いいではないか。千之助様のお志だ」

「いいえ、事が解決した後に頂戴します。千之助様には、むやみに外出はなさらないように願います」

平七郎は、啞然として見送る一色の声を背に受けて、いづもを出た。

三十俵二人扶持、貧乏同心とはいえ、いづもの料理を接待されて尾っぽを振るような真似はしたくない。

それに、平七郎は、偽りがあった時には手を引かせてもらうと言った時、千之助の眼が一瞬宙に泳いだのを見逃してはいなかった。

——桶川に辰吉をやるしかあるまい。

広小路に出ると立ち止まった。だがすぐに、平七郎の足はおこうの店、読売屋の一文字屋に向かった。


その夕刻のことである。

下谷の練塀小路にある旗本小野寺左京の屋敷を、差し向かいの屋敷の塀に身をよせて、見張っている男がいた。

男は、千之助が与力に送られて来て屋敷に入ると、それを潮《しお》に通りに出た。手に『紅かんざし』と書いた木の箱を下げている。

紺地に縞の袷《あわせ》を着て茶の帯を締め、遠目にもきりりとした男であった。

男はここ数日、武家地である神田川北側を行ったり来たりしながら、この小野寺の屋敷を張っていた。

小野寺の屋敷は、一千坪もあろうかという屋敷である。

辺りは御徒《おかち》のような下級武士の組屋敷が多いのだが、小野寺のような大身の旗本屋敷も、また大名屋敷も点在していた。

この小路から東に行けば、藤堂和泉守《とうどういずみのかみ》の上屋敷もある。神田川に架かる和泉橋というのは、この藤堂家に由来するものだというのが、この辺りに来ると分かるのである。

男は、朝夕の武士の往来がある時刻は避けて、昼間の人通りの少ない時間を狙うようにして、常に小野寺家に眼を光らせているのだった。

男の行動を知る者がいれば、その粘りのある張り込みに舌を巻くに違いなかった。

身のこなしに隙《すき》がないばかりか、辺りの地理は事前に頭の中に入れてあるようで、引き上げる時には間違っても辻番所があるところは避けて行く。

辻番所というのは、町人地の自身番のようなもので、武家地の辻にある番所である。大名家単独で置いてある場合もあるし、大名と旗本が共同で置いている場合もある。ともかくそこには、家臣が詰めていたり、雇い入れた浪人が詰めていたり、武術の心得がある者が張り番をしているのである。

妙な動きをする者が武家地に入れば見咎《とが》められるし、必要だと判断されれば町奉行所に引き渡される。

男は張り込みを終えると、影を引きずりながら武家地を西に歩んで新屋敷通りに出、そこから南に足を向け神田相生町《あいおい》を抜けると、八軒町《はちけん》の裏店の木戸を入った。

男はさすがにここまで来ると、周囲に神経を張り巡らすことはしない。紅かんざしを扱う小間物売りが一日の商いを終えたふりをして、長屋に帰って来るのであった。

「おや、お帰りかい」

鍋を持って小走りに出てきた隣家の女房が、男に声をかけた。

男は、顔を上げて女房を見た。男の口元には、小豆《あずき》ほどのほくろがあった。

「そうそう、いい人が来てますよ」

女房はちょっとからかうように言い、井戸端に走って行った。

「どうも……」

男は苦笑してみせたが、女房の視線が離れると、急に険しい顔になった。

男は家の前で二つか三つ数える間、入ろうか入るまいかと躊躇《ちゅうちょ》していたようだった。

だが、先程の女房が怪訝《けげん》そうに鍋を持ったまま立って見ているのを知ると、戸を開けて中に入った。

「おかえりなさい」

夕暮れの薄闇に女が立ち上がって出迎えた。

女は上がり框に腰を下ろして、男の帰りを待っていたようだった。

「帰ってくれ。あんたの来る所じゃない」

男は素っ気なく言い、上に上がった。女に背を向けて、火打ち石で行灯《あんどん》に灯をつける。

灯の光が広がるにつれ、男のほくろはくっきりと見えた。

そして女の顔も浮かび上がった。

女は日吉屋の娘、おそでだった。

おそでは立ったまま、熱い眼で男のしぐさを見詰めていたが、

「私、お惣菜を買ってきました。御飯もあります。ここに来る途中の飯やで分けてもらいました。夕飯の支度をしてもいいでしょう?」

おそでは、框に置いてあった風呂敷包みを取り上げた。

「ここに来ては駄目だと言ったろう」

「佐七《さしち》さん……」

おそでは悲しげな顔をして俯いた。

「俺がどんな男か、知ってるだろ。あんたに迷惑はかけたくねえんだ」

「迷惑だなんて」

おそでは、きっと顔を上げた。必死の表情がうかがえる。

「佐七さんは、弟の勘太を助けてくれました」

「見てみぬふりは出来なかっただけだ」

「だから、ご恩をお返ししたいのです」

「俺のことを黙っていてくれたら、それだけで十分だ。礼などいらん」

「でも私は、あなたのお役に立ちたいのです」

「だったら帰ってくれ。そして、二度とここに来ないでくれ。それが俺には一番だ」

「そんなに嫌いなの、あたしのことを……」

おそでは、土間にしゃがんで泣き出した。

「おそでちゃん、そんなんじゃねえんだ。そうだろ、あんたも知ってる通り、俺はひとつ間違えば囚《とら》われの身になるんだ。そしたら死罪は免《まぬが》れねえかもしれねえ……そんな男とかかわりになっちゃあいけねえと、俺はそう言ってるんだ」

佐七と呼ばれた男は土間におりて、おそでの顔を覗き込むようにして言った。言葉の端々に、先程には無かった優しさがにじみ出ていた。

「ごめんよ、おそでちゃん。冷たいことをいうようだが、わかってくれるな」

「佐七さん……」

おそでは、涙の顔を上げた。

「あなたのようないい人が、どうしてあんなことをしたのですか。勘太の恩人を町で見かけて、お礼をいいたいと後を尾けて……そしたら偶然……」

おそでは、絶句した。おののきはまだ消えていないようで、まるで恐怖が押し寄せてくるような表情を見せ、だがその顔に哀しみが走り、切なさに彩られた時、ふたたびおそで

は、その双眸に熱い思いを込めて、

「あたし、その時思ったんです。きっと深い訳があるに違いないって……」

潤んだ、訴えるような声を出した。

「おそでちゃん……」

「あたし、佐七さんが好きなんです。尾けている時に思ったんです。こんな人がお兄さんだったらいいな……こんな人があたしのいい人だったらいいなって……理屈じゃなく、いっぺんで好きになってしまったんです。だから……だから佐七さんのこと、なんでも知りたいのです。あなたのお役に立ちたいのです」

おそでの声には、初めて男を恋した若い女の、後には引けない熱いものがほとばしっていた。

「無理をいわないでくれ、おそでちゃん」

「じゃあ、ひとつだけ教えて下さい。あなたは、誰の敵《かたき》を討とうとしているんですか。大切な方の敵だといいましたね。だから目をつぶっていてほしいと……大切な方とは、誰のことですか」

「……」

「佐七さん」

「想いを寄せていた女のことだ。これで分かったかい、おそでちゃん。もう、二度とここに来るんじゃねえ。いいな」

「ああ……」

おそでは、絞るような悲しい声を上げると、顔を覆って表に飛び出していった。

溝板《どぶいた》を踏んで去っていくおそでの足音が遠くなるのを、佐七は框に座り込んで見送っていた。

だが佐七は、もう一人、静かに、溝板を避けて木戸に向かった女のいることには気づかなかった。

その女は、おそでが木戸から大通りに消えるとまもなく、自身も木戸から外に出た。

表通りの下駄屋の軒提灯が、女の顔を映し出した。

ふっと木戸口を振り返った悲しげな女の顔は、おこうだった。

おこうはしかし、その表情を軒提灯の下で捨てると、きりりとした顔で夜の街に踏み出した。

四

平七郎は、書見台に落としていた眼を上げた。

庭の隅で鳴いていたこおろぎが、鳴きやんだのである。

立ち上がって、縁側に出ようと障子を開けると、

「平さん、あっしです、辰吉です。たった今帰りやした」

辰吉が月の光の中で立っていた。

「早かったじゃないか。まあとにかく、上がってくれ」

「それじゃあ、ちょいと失礼致しやして……」

辰吉は、懐の手ぬぐいをつかみ出すと、両足のあたりを勢い良くパンパンとはたいて、

「ごめんなすって……」

と言いながら、縁側から入って来た。

小野寺千之助が話した祭りの夜の出来事の真否を確かめるために、平七郎はあれからすぐに、辰吉を中山道の桶川宿にやっていた。

その日の昼に、平七郎はおこうから佐七という男の存在を知らされたところだったが、早くも辰吉は調べを終え、帰ってきたのである。

桶川宿は江戸から十里と十四町ほどで、男の足では朝早く出立すれば、その日のうちに桶川に着く。片道一日を要するのである。

帰りも一日を要するから、調べが支障なく終わるにしても、数日の猶予はいると考えていたのだが、辰吉は中一日で帰って来たのであった。

「平さん、小野寺というお武家は悪人ですぜ。命を狙われて当然の男でしたよ」

「よし、聞こう。話してくれ」

「へい……去年の秋のことです。桶川の宿場では、秋の大祭が行われたようでした。桶川といえば近頃は紅花の栽培も全国一といわれておりますからね、それもあって宿場は潤っていますし、秋祭りもたいへんな賑わいだったようでございやす。その祭りに、小野寺の放蕩息子が、自分の屋敷に出入りしていた渡り中間の彦六と、これも自分の屋敷に出入りしている紙屋の息子の為次郎を供にして、桶川の祭りに現れたのだそうでございやす。三人の目的は、祭りで行われる博打でした。もともとこの三人は、小野寺の屋敷の中間部屋を博打場にして遊んでいた連中でして、それが縁でつるんでいたという訳です」

辰吉は、怒りの顔を平七郎に向けて来た。

「まったく、こうして平さんに話していると、また、むかむかして来るんですがね」

辰吉は言い、話を続けた。

小野寺たちは、こともあろうに脇本陣を根城にして、稲荷の祭りに出かけたのである。

むろん博打が目的で、三人は社務所の裏で開かれていた賭場に入った。

ところが三人は、あっという間に、有り金すべてを失ったのであった。このことは、当日博打に加わっていた旅籠の息子から、辰吉は聞き出していた。

そこで千之助たちは、博打で負けた鬱憤《うっぷん》を晴らすためか、境内に出店していた屋台をひやかして歩いていたらしいが、ある屋台で酒をしたたかに飲んで酔っ払った。

ところがそこに、美しい娘が通りかかった。

娘は宿場にある飯や『さとむら』の娘でおそのと言った。

おそのに父親は既に無く『さとむら』は母のおくまが頑張って営んでいる店である。

おそのはこの母を助けてよく働く、孝行娘だと評判だった。

そのおそのが、毎年秋祭りに選ばれる桶川美人三人娘に選ばれて、神社の御札を売っていた。これは恒例の美人娘の仕事だった。

おそのはその日も朝から御札を売り、後の二人と交替して、帰宅するところだったのである。

このおそのに、千之助が目をつけた。

千之助は、人目もはばからず、おそのにつき合えと迫ったようである。

だがおそのは、これを断った。

千之助たちはこれを承知することは出来なかったのである。いったんは諦めておそのを見送ったが、すぐにおそのの後を追ったのである。

これは、当時店を出していた者たちが証言しているのだと辰吉はつけ加えた。

「しかし旦那、おそのさんの姿を皆が見たのは、それが最後だったんです」

「何……」

「つまりこういう事でして……」

帰宅してこない娘の身を案じて、宿場役人に母親が娘を探してほしいと届けを出した翌日、おそのは宿場の外れの、一面曼珠沙華が咲いているなだらかな土手の草地で、死体で発見されたのである。おそのは舌を噛み切っていたという。

「自害に追いやったのはその三人、そういう事だな」

平七郎が厳しい顔で、辰吉を見た。

「へい。それもただの無体じゃなかったそうですぜ。裾はめくれて、おそのという娘が反抗したのか、袖もちぎられて髪もばらばらになってたらしいですぜ……誰が見ても輪姦されたのは瞭然で、医者の診《み》たてじゃあ女の大事なところは、傷だらけだったといいますから」

「許せぬ奴……」

平七郎は怒りを込めて呟いた。

――だから殺人現場に曼珠沙華が……。

血の色の赤い花を思い出していた。

「平さん……それでですね、下手人はあの三人だってんで、宿場役人が三人が泊まっていた旅籠に走ると、すでに桶川を出た後だったっていうんです。祭りも宿場の大切な娘も目茶苦茶にされ、宿場の人たちは代官所に訴えたそうなんですが、なんの返事もかえってこなかったそうです。宿場の者たちの怒りはそうとうなものだったらしいのですが、しかし月日が過ぎれば、噴き出していた怒りも多少沈静します。おそのの母親は一人娘を殺されて病の床につき、まわりの者に、娘の敵をとって死にたいと口走っていたようです。まもなくでした。今年の夏頃のことだと聞きましたが、おそのと言い交わしていた男が、いつの間にか宿場から、いなくなったんです」

「その男が、佐七だな」

「へい。京をはじめ全国の紅問屋に紅餅を出す卸問屋の『八紅《はちべに》』の手代だった男です。平さん、佐七は、宿場外れにある柔術の道場に通っていたそうです」

「やはりな、あの見事な一撃は並の武術者にはできぬ」

「佐七は、竹内《たけうち》流の流れを汲む心天《しんてん》流の免許を受けています」

「そうか……」

と、平七郎は腕を組んだ。

平七郎の脳裏には、曼珠沙華の咲く中で、千之助たちにかわるがわる乱暴される娘の姿が目に浮かんだ。

おそのの眼にその時映ったのは、血の色をした流麗な花々と、三匹の獣であったろう。犯されたおそのが、哀れだった。

そして、おそのの敵を討とうとしている佐七の心中も、察するに余り有るものがある。平七郎の胸は痛んだ。

「佐七は、きっと死ぬ気ですぜ」

帰り際に言った辰吉の言葉は、平七郎の胸にいつまでも残っていた。


その日、佐七が神田八軒町の長屋を出たのは、昼過ぎの八ツ頃だった。

一日のうちで、長屋の路地に人影が少なくなるのが、だいたいこの時間である。

平七郎は、木戸近くの表店の陶器屋を眺めたり、野菜屋をひやかしたりしながら、その時を待っていた。

木戸近くで張り込んでいたのは、辰吉だった。

その辰吉が大きな咳をした。咳は、佐七が出てきたという合図だった。

通りに背を向けて、平七郎は佐七をやり過ごした。

佐七もまさか自分が張られているなど考えもつかなかったのか、紅かんざしの箱を手に木戸を出てくると、東に迷わず歩き、御徒町の通りに出て、今度はそこから南にとった。

まっすぐ歩けば神田川に架かる和泉橋の袂である。

「旦那、どこに行くんでしょうか。あっしはまっすぐ、小野寺様のお屋敷辺りに行くのかと思っておりやしたが……」

辰吉が首を捻《ひね》る。

「ふむ」

相槌を打ちながら、平七郎は前を行く佐七に悟られぬよう、ゆっくりと後を追った。

前を行く佐七の背を追いながら、平七郎は今朝おこうに呼び出されて一文字屋に出向いた時のことを思い出していた。

辰吉が夜分に報告に来たのは、昨夜のことであった。

殺されたおそのと佐七のことを考えると、なかなか寝つくことが出来ず、酒と茶碗を持ち出して、かなりの量を飲んでいる。それでも寝ついたのは朝方だった。

枕元に夕べ会った辰吉の顔が覗いていたので、夢の続きを見ているのかとびっくりしたが、そうではなくて、おこうからの呼び出しだった。

「急いで下さい。あっしは佐七さんを張るように、おこうさんから言われていますので、これで……」

辰吉はそういうと、すぐに帰っていったのである。

朝食もとらずに一文字屋に駆けつけると、泣きはらして目を腫《は》らしたおそでが待っていたのである。

「平七郎様。おそでさんは、考えに考えて、勘太ちゃんの話を聞きに行った私に頼むしかもう方法がない、そう思ってここに来たんだそうです。でも私の手には負えません。仕方がないから、おそでちゃんを説得して、平七郎様に来て頂いたのです」

おそでは、おこうが説明するのを待ち切れないように、平七郎に言ったのである。

「どうか、佐七さんを助けて下さい。お願いします」

「何、佐七だと……順を追って話してみなさい」

「はい……」

おそでは、勘太を助けてくれた男が佐七という男だったことや、その佐七が西方寺で犯した罪を自分が目撃してしまったことの苦しみや、だが自分の心の中では、佐七が勘太を助けてくれたその時から、佐七に恋していたことなどを話して、

「佐七さんは復讐しようとしているのです。悪いのは佐七さんじゃありません。それなのに、これ以上罪を犯してお役人に捕まったらと思うと……いえ、それより、今度は、今度こそ佐七さんが殺されてしまうかもしれません。佐七さんの命を助けてほしいのです」

おそではそう言ったのである。若い娘の、ただもう純粋に一人の男を慕《した》い、恋するあまりの叫びのように聞こえたのであった。

「心配することはないぞ。佐七が狙っている武家は、しばらくは外出はせぬ。外に出なければ、佐七がいくら敵を討ちたいと思っても、出来ぬ」

しばらく外出せぬように、平七郎は小野寺千之助にきつく言ってある。約束を守らなければ、命の保証は出来ぬとも言ってある。

まさかその進言を聞かずに外出するとは思えなかった。

だがおそでは、

「お武家様……」

何かに思い当たったように呟いた。

佐七が、自分が狙う人物の正体を、おそでに漏らす筈もなく、平七郎も小野寺千之助という名は伏せて、ただ武家と言ったのだが、

「そのお武家様は、もしかすると小野寺様とおっしゃるのではないでしょうか」

「お前は、何か聞いていたのか」

「いいえ。佐七さんが何気なく小野寺という旗本屋敷に、紅かんざしを見せに伺う約束をとりつけたと、嬉しそうに言ったことがあるんです。二、三日うちに参上するかも知れん。商売も大事だからなと……そう言って笑っていたことがあるんです。あれはもしかすると……」

「そうだ。そのもしかだ」

平七郎は言った。そしてすぐに八軒町の長屋に走り、見張っていた辰吉と会い、佐七の出てくるのを待っていたのだ。

「平さん」

辰吉が、前を見詰めながら声を出した。

佐七は和泉橋を渡って行く。

「気づかれぬように間合いをおけ」

橋袂で、その間合いをとろうとして立ち止まると、

「平さん、何してるんですか。こんなところで」

五尺竹を持った秀太が、春木屋と佐久間町河岸に降りていくところだった。

「すまん……」

平七郎が、しっというように、橋を渡っていく佐七の背を顎で差すと、秀太は頷いた。

「何かあったら、私に加勢させて下さい」

秀太は耳元で囁くと、春木屋を連れて河岸に降りた。

月の初めに、積み荷の高さをもう一度点検に来るぞと春木屋に言っていたその日が、今日だったのだ。

秀太にはすまない気がするが、今日明日は佐七から目を離すことは出来ぬ。

平七郎が辰吉と和泉橋を渡った頃には、佐七は柳原土手に降り、筋違橋のある西に向かって歩きはじめた。

——そうか、清水山か。

ぞくりとした。清水山と呼ばれる一角の川べりには、まだ曼珠沙華が咲いている。しかも一本や二本ではない。足を踏み入れる人のない畏敬の場所で、百本や二百本、いや、そんな数ではない筈だった。

はたして、佐七は清水山に入り、川べりに立った。

「平さん。俺、嫌ですよ。清水山に入るのだけはかんべんして下さい」

さすがの辰吉も二の足を踏む。

「しょうがない奴だな。分かった、お前はここで待て」

「平さんもやめた方がいいって」

「馬鹿、そんなことで同心がつとまるか」

「そういうふうにおっしゃると、あっしだって、読売屋がつとまるかってことになりやすね、ええい、わかりましたよ、お供いたしやす」

辰吉は、やぶれかぶれの物言いをして、平七郎の後ろに従った。

丈《たけ》の長い茅を垣根にして、そっと佐七を見詰めると、佐七は、悲しげな顔をして花の一群を眺めていた。

だが、やがてがくりと膝をつき、更に両手を草地につくと、肩を震わせた。

——佐七……。

平七郎は、辰吉をそこに置いて、静かに近づいて行った。

佐七が茅の音で気づいたらしく、はっと顔を上げて見返して来た。

「旦那……」

草の上に片膝立てた佐七は、平七郎を警戒して身構えている。

「俺は橋廻りの同心立花平七郎という者だ。この場所は祟りがあるとかなんとか言われていてな、誰も近づかん。俺も足を踏み入れたのは初めてだが、見事だな、曼珠沙華が……」

平七郎は、辺りを見渡した。

「いや、この美しい花にも、哀しい話があるものよ」

言いながら、佐七にちらりと視線を投げる。佐七はその視線を逸らすように目を落とした。

平七郎は一本の曼珠沙華を手折《たお》ると、手にかざし、その鮮やかな朱の色を愛《め》でるように見て、佐七の側に腰を落とした。

そして、眼を伏せている佐七に、語りかけるように言った。

「桶川宿で去年のことだ。むごい事件があってな。曼珠沙華の中で美しい娘が自害をした。いや自害とはいえ、実際には殺されたのだ。代官所は、この事件に目をつぶった。ひどい話だ。すると、今年になって、自害した娘と将来を約束していた男が、勤めの問屋を辞めて姿を隠した。そう……復讐のためにな」

「……」

「そしてその男は、愛しい女を殺した奴等の住家をつきとめた。中間くずれの博打打ち、紙屋の放蕩息子……その二人を男は一撃で殺して仇を討った。そして、二人の遺体の上には、この曼珠沙華を置いた」

「旦那、何をおっしゃりたいのでございますか」

「うむ……お前には関わりのない話だとは思うが、この花が縁……こうして花の中に座っているお前を見て話してみたくなったのだ」

ちらりと見た。

「旦那……」

「俺はその男に言ってやりたいのだ。悪が栄えた例《ため》しはない。代官が見逃しても、この世にそんな悪い奴を放っておく役人ばっかりじゃないということをな」

「……」

「裁きは法でもってすればいい……だからもう、復讐劇は止めろとな」

「……」

「悲しみを乗り越えて生き抜けと俺は言いたいのだ、その男を……すべてを承知で、その男を慕う可愛い娘までいるじゃないかと、俺は言いたい」

「旦那」

「佐七……後は俺に任せろ、俺に任せてこの江戸を出ろ。今夕、あの橋の袂でお前をおそでが待っている筈だ」

平七郎は言い、立ち上がった。

「旦那、待って下さい。なぜ私のことを」

「橋廻りは暇だからな。こんなことにでも首をつっこまんと身がもたん。まあ、そういうことだ」

平七郎は、曼珠沙華の中に佐七を残して清水山を後にした。

冷たいほどの川風が上がって来る。襟をあわせて、ふっと清水山を振り返ると、佐七はまだ花の中にいて、じっとこちらを見送っていた。

五

「立花、小野寺様のお屋敷に賊が入ったそうだ。引き取りに来てほしいと連絡があってな。すまんが、お前が行って来てくれぬか」

一色から突然呼び出しを受けたのはその日の夕刻、平七郎は愕然とした。賊は佐七に違いないと察したからだ。

俺は間違っていたのか……そんな思いで胸が塞《ふさ》がった。

他にとるべき道が無かったのか……その思いが、平七郎の身を鋭く切り裂いた。

「千之助様にも困ったものだ」

さすがの一色も、渋い顔をした。

平七郎が出した、桶川事件の報告書が、一色の懐にある筈だった。

「悪に荷担すれば、一色様自身の身辺にも累が及ぶかもしれません。ここは潔《いさぎよ》く評定所においてお裁きを受けるよう千之助様を説得すべきだと思われますが」

報告書を提出したおりの平七郎の言葉だった。

一色は黙って懐に報告書をしまっていたが、しかしこれ以上、小野寺千之助が悪行をしたその時には、一色も黙って見過ごすことはできなくなる。

強い者には弱い一色だが、一方で災いには近寄らぬというのが、一色流の世過ぎの仕方だ。人の為に火の粉をかぶろうなどという信念はない。

「与力としての覚悟はされておいた方が良いかもしれませんよ」

平七郎は一色に言い置いて、奉行所を出た。

念の為に、奉行所の小者数人を引き連れて小野寺の屋敷に着いたのは、四半刻も後のことであった。門番に名を告げると、

「ここでお待ちを」

と、門番は慌てて奥に駆け込んだ。

まもなく、家士が中間小者に戸板を運ばせてやって来ると、脇門から戸板を運びだし、待ち受けていた平七郎の前に無造作に置いた。戸板には筵《むしろ》がかけてある。

「これは……これが賊ですか」

「そうだ。確かめてくれ」

家士は言った。

しゃがみこんで筵を引き上げると、

「佐七……」

青白い顔をした佐七がいた。

更に筵をめくり上げて、息を呑む平七郎。

佐七の体には、無数の刀傷があった。

足元には、紅かんざしの壊れた箱と、鼻緒の切れた草履、そして佐七が運んで来たであろう曼珠沙華が首を折られて、ほうり込まれていた。

——これが人間に対してすることか……。

平七郎は、込み上げるものを必死に堪えながら、見下ろしている家士をきっと見た。

「お尋ね申す。なぜこの者は殺されたのです。この者は武術の心得があったと聞いていますが、匕首一本持っている訳ではない。それを、よってたかって、これ程までに斬りつけたその理由は……教えて下さい」

「知らぬ」

「何……武士の争いではありませんぞ。相手は町人、その町人にこのような……」

ぐいと睨んだ。平七郎の語気に、家士は蒼白となった。

「私は知らぬ。なんでもこの者は、千之助様のお命を狙ったとか」

「千之助様に会わせてくれ」

「駄目だ」

睨み合ったその時、庭伝いに千之助が現れた。

「立花と言ったな、ご苦労だが黙って遺体を始末してくれ。一色殿にもよろしく言ってくれ」

千之助はにやりと笑って、手を上げた。そのしぐさには微塵《みじん》の反省の色もない。

「千之助様」

「なんだ」

「旗本だとはいえ、どんな非道も許されるとお思いか」

思いがけない反撃に、千之助の顔が歪《ゆが》んだ。

「私は調べましたよ、桶川宿での一件を」

「私が言った通りだったろう。何も出てこなかった筈だ。それにな、立花、もう終わったことだ」

「いいえ、終わってはおりません」

「何」

「そう簡単に、世の中を見くびらないほうがよろしいですね……そう思いませんか。いや、すぐにそれに気付きますよ。まあ、気付いた時には、何もかも失っている事になるでしょうが……そうそのお命までも……もう逆怨みだなどとうそぶく事もかなわぬでしょう」

「黙れ黙れ、誰に向かって言っている。私に逆らうとは、お前など馘首《くび》だ。たかが奉行所の同心の首など、どうにでもなるぞ」

青筋を立てて癇癪《かんしゃく》を起こしたように千之助は叫んでみせた。平七郎は、その醜い姿を尻目に、小者に戸板を運ばせて、小野寺の門前を出た。

——さて、まずは佐七の遺体を長屋に運んだら、お奉行に会わねばなるまい。

会って千之助の悪事を訴え、評定所で裁いて貰うように頼むつもりで、家を出て来た。

一千五百石の旗本なら、差し違えても悔いはない。

平七郎は、心を決めていたのである。

はたして、数日後の夜のこと、平七郎は一色の役宅に突然呼ばれた。

役宅に呼び付けられるなど初めてのことだったが、出向くと、一色は妻や家人を遠ざけて、平七郎を手招きして側に寄せ、

「おい、何をしたのだ」

訝しい目で聞いてきた。

「なんでしょうか」

「なんでしょうか?……小野寺の息子のことだよ。私の知らない間に評定所で吟味を受けたらしくて、今日のことだがお裁きが決まったそうだ、千之助は切腹、父親の左京様は追放になったそうだ……おぬしの仕業か」

一色は詮索するような目で見詰めて来た。

「……」

「相手は一千五百石のお旗本だ。どんな手をつかったのだ……ん?」

「一色様」

「なんだ」

「悪の行いは、どこかから漏れるものです」

「それはそうだが、おかしなこともあるものだと……まあ、いいか。実をいうとな、俺も小野寺の息子には辟易《へきえき》していたのだ」

「そういう嫌な思いをしていたのは、一色様だけではないと思いますが……」

「そうだな……そうだ。だから天が裁いたのだな。ん、そういう事だ」

一色は、笑ってみせた。今さらながら、一色の変幻自在ぶりには唖然とさせられる。

——お奉行……。

平七郎は、心の中で榊原奉行に頭を下げた。

証拠を揃えて差し出せば、いかな一千五百石の旗本とはいえ、逃れられる筈がないと思っていても、反面、覚悟してなりゆきを見守っていた平七郎だった。

実際、その後お奉行からは、その件については音沙汰もなく、密かに案じていたところだった。

平七郎は、榊原との絆がますます強くなったと感じていた。

——それにしても……。

あの日、おそでは、ずっと和泉橋で佐七を待っていたとおこうから聞いている。

「私、あの人が来るまで待ちますから……夜になったって、何時になったって……」

夕霧の中に佇んで、佐七の現れるのを待っていたというのだが、その時のおそでの姿を思い出すたびに、平七郎は切ない思いに襲われた。同時に自分の無力が腹立たしかった。

——この空しさから当分免れることは出来まい。

平七郎は深い溜め息をついた。

第四話　呼子鳥《よぶこどり》

一

「順之助《じゅんのすけ》、出てこいよ。船に灯がともったぞ」

岩穴から這《は》い出して来た少年が、振り返って言った。

暮色に包まれた山の中腹、しかも晩秋の冷たい海の風をまともに受ける岩肌に、少年はしがみつくようにして立ち、海を見た。

鉄砲洲《てっぽうず》の沖に停泊した数隻の大型船にともした灯が、物悲しいほどに、静かに、光を海に流していた。

「文七《ぶんしち》、稲荷《いなり》の門は、もう閉まっただろうな」

順之助と呼ばれた少年が、這い出して来た。

二人がいるのは、敷地四百坪余の鉄砲洲稲荷の中にある富士山の中腹だった。

富士山といっても、富士講を信仰する人たちの手によって造られた、小高い山のことである。

山肌の裾には雑木を植え、高くなるにつれて岩肌をつくり、そこに松を植えたりして工夫を凝《こ》らしていた。

外海に接するこの場所は海からの玄関口、その一角にある稲荷社に造った山中で、二人は半日息を潜めて岩穴に隠れ、じっと日が落ちるのを待っていた。

「いいか、順之助。山を下りたら西門に向かうんだ。そして塀をよじ登って通りに飛び下りると、すぐに稲荷橋を渡る。稲荷橋を渡ったら、後はまっすぐ永島町《ながしま》まで走るまでだ」

文七は腰を落とすと、石の上に両膝をついて辺りを用心深く見渡している順之助に念を押した。

二人とも異様に痩《や》せていた。

元服前の前髪の形は残っているものの、中剃の部分に毛が生えてきて、むさ苦しい形相《ぎょうそう》をつくりあげていた。

目ばかりが光ってみえるが、その光は、飢えと恐怖に追い詰められた、重くて鋭い光だった。

しかも、この季節だ。人は綿入れを着始めているこの時期に、二人は単衣《ひとえ》の、袖も丈《たけ》も短い着物をまとっていた。

「文七、永島町の叔母《おば》さんという人は、大丈夫なんだろうな」

「おっ母さんの妹だから、きっと匿《かくま》ってくれる筈《はず》だ。順之助は一度そこに落ち着いてから屋敷に帰ればいい。どんな目に遭《あ》っていたか、おふくろさんに訴えれば、もうあんなところに行けなどとはいわんだろう」

「しかしお前はどうするんだ。家には帰れないんだろ」

「俺は親父に復讐する。復讐するために逃げてきたんだ」

文七は空を睨《にら》んだ。

抗し切れない憎しみが、目の色に揺れていた。

「文七」

「順之助」

二人は、しっかりと手を握り合うと、闇《やみ》に紛れて富士山を降りて行った。

もはや稲荷の境内は、社務所から弱々しい光が漏れてくる以外は、ひとっこひとりいない閑寂の中にあった。

二人は風の音ほども落ち葉を鳴らさないように用心深く西門まで進み、文七が腹這いになって順之助を背中に乗せた。

そうして順之助をまず塀の上にのぼらせてから、次は文七が、順之助が伸ばしてきた手を頼りにして塀をよじのぼり、二人は揃って塀の外に飛び下りた。

稲荷橋は塀の北側を流れる八丁堀に架かっている橋で、ここは外海と接していた。

二人は頷き合って橋を一気に駆け抜けると、そこからまっすぐ霊岸《れいがん》橋川にそって北西に道をとろうとした。ところが、

「待て」

広小路にある小屋掛けの飲み屋から、二人の目つきのよくない男が走り出て来た。

文七と順之助はたちすくんだ。

すぐに踵《きびす》を返して、稲荷橋に戻ろうとした。だが、振り返ったその顔が硬直した。

そこに、総髪の浪人が懐手に立っていたのである。

浪人は骨太のたくましい男だった。窪《くぼ》んだ目で少年二人を睨んでいるが、口元には薄ら笑いを浮かべていた。

「笠井《かさい》様……」

順之助が浪人を見て口走った。順之助は恐怖のあまり、頬が板のように凍りついている。

「ずいぶん手間をかけるじゃないか。早く宿舎に戻れ」

笠井が道を開けて、稲荷橋を顎で指した。

「嫌だ。帰るもんか。お前たちの餌食《えじき》になるのは、もうごめんだ」

文七が叫んだ。

「何……文七、もう一度言ってみろ」

「お前たちは、人殺しの集まりじゃないか」

「文七……」

「俺は知ってるぞ。みんなばらしてやる。お前たちを奉行所に訴えてやる」

「言わしておけば……つかまえろ」

笠井が叫ぶより早く、文七が笠井に体当たりしていた。

「ええい」

ふいを食らった笠井が、躱《かわ》して横に飛んだ時、

「順之助、こっちだ」

叫ぶや、文七は八丁堀通りに走り、そこの河岸に飛び下りた。

辺りは竹や材木を積み上げていて、迷路のようになっている。昼間は人足たちの姿もあるし、ところどころに顔を出している草地には、子供たちの姿も見える。だが薄暗がりのこの時刻には、人の姿などまったくなかった。

二人は立てかけてある竹の間をすり抜けて走り、あるいは積み上げている材木の陰に隠れるようにして進み、後ろから追ってくる笠井を振り切るように西に向かった。

だが、すぐに挟まれたと分かった。

目つきのよくない二人の男が、大通りを西に走って先回りし、河岸に下りてきて、二人の行く手を遮ったのである。

「笠井の旦那。こうなったら、殺《や》っちまいますか」

男の一人が、せせら笑って言った。

「そうだな」

笠井もにやりと笑い、

「みせしめのために、皆の前で締め上げようと思ったが、仕方あるまい。直次郎《なおじろう》、時蔵《ときぞう》と二人で殺ってみろ」

と言ったのである。

「おもしれえ」

直次郎はふふっと笑って、匕首《あいくち》を懐からひき抜いた。同時に時蔵と呼ばれた男も匕首を抜き、

「どこからいこうか……胸か……腹か」

二人は、じりっと少年に寄る。

「文七」

順之助が悲壮な声を上げ、文七の腕にしがみついてきた。

「順之助、お前は武士の子じゃないか。強くなれ。いいか、俺が前に飛び出したその隙に逃げろ」

文七が、順之助に囁くように言った時、横手から直次郎が飛び込んで来た。

「逃げろ」

文七は飛びのいたが、薄闇に鈍い音がして、

「ぶ、文七……」

順之助が、腹を抱えて倒れ込むのが見えた。

「順之助」

文七が叫んだその時、今度は時蔵が飛びかかって来た。だが、次の瞬間、別の黒い影が走り込んで来た。

「うわっ……」

時蔵が飛ばされて、積み上げた材木に頭を打ちつけ蹲っていた。

「人殺しは許さんぞ。神妙にしろ」

二人の少年を庇って立ったのは平七郎だった。

だがすぐに、次の一撃が襲って来た。

笠井が、上段から撃ち込んで来たのである。

平七郎はこの剣を受け止めて力ずくで横に流すと、笠井が体を引いて八双に構えたその隙に、呼吸一つ右足から踏み込んで、笠井を袈裟掛けに斬り下ろした。

笠井は瞬時にこれを躱したが、躱し切れずに袖が斬れ、黒い液体が腕を伝って落ちて来た。

「平さん」

秀太が遅れて走って来た。

「ひ、引け」

笠井が腕を押さえて叫んだ時、

「順之助、しっかりしろ。順之助！」

平七郎の後ろで、少年の絶叫が聞こえて来た。


「奥田《おくだ》家の者でござる。順之助様をお迎えに参りました」

翌日、表南茅町《おもてみなみかやちょう》の河岸にある大番屋の玄関に、旗本三百五十石奥田半右衛門《はんえもん》の用人で壺井《つぼい》と名乗る中年の男が、若党、中間を従えてやって来た。

「使いを出しました立花です」

平七郎が出迎えて、壺井に上がるよう促《うなが》すと、壺井は若党中間を玄関に待たせて上がった。

この、南茅町の大番屋は、府内に七つある大番屋のひとつだが、奉行所の役人たちの役宅がある八丁堀が目と鼻の先にあるだけに、仮牢も広いし、土間が白洲《しらす》になっている取り調べの部屋も二つあった。

また、日々の役人が勤める部屋も広く、宿直《とのい》の部屋三畳と、もうひとつ、予備の小部屋もあった。

平七郎は、壺井をこの小部屋に案内した。

「こちらです」

戸を開けると、顔を白い布で覆った遺体が見えた。

枕元に秀太がつき添っていて、壺井を見迎えると、膝をずらしてその場所を壺井に譲った。

「若……順之助様」

壺井は走りよって、順之助の枕元に膝を落とした。

布をめくって、順之助の顔をまじまじと見詰めていたが、

「こんなにおやつれになって……奥様が御覧になったら、さぞかし……」

声を震わせた。懐紙を取り出して涙を押さえ、やがてちんと鼻をかんで膝を直すと、平七郎に手をついた。

「造作をおかけ致しました。主からもくれぐれもお礼を申し上げてほしいとのこと、申しつかって参りました」

壺井はそう言うと体を起こして懐から袱紗《ふくさ》の包みを出し、平七郎の膝前に置いた。

「これは……」

「些少《さしょう》ではございますが、お手数をおかけしましたゆえ、主から預かってきたものです」

と、平七郎の顔をじっと見詰めて、

「くれぐれもこの一件、ご内聞に願いたいと……」

「表沙汰にはしたくないと言われるのか」

「世間に知れれば奥田の家の恥、そこをお汲み頂きまして何卒……」

「それでは、順之助殿があまりにも哀れだとは思われませぬか」

「主の言葉です。そういうことでございますれば、私はこれで……順之助様をお屋敷にお連れしたいと存じます」

と言い、立った。

平七郎が、呼び止めた。

「待たれよ、壺井殿」

「順之助殿が誰にどのようにして殺されたのか、それを聞きもせず、知りもせず、連れて参られるのか」

「立花殿」

「順之助殿の体には、無数の傷跡がござった。折檻《せっかん》を受けたのか、それとも拷問を受けたのか。それに、ろくなものも食しておらなかったのか、肋骨が浮き出るほど痩せていた。着ているものも、御覧の通りの粗末なもの、河岸で襲われたところを助けた時には、素足でございましたぞ」

「……」

「そうか……なぜこのようなことになったのか、おおよそ見当はついているのですな」

「いえ……それはその」

「大切なご子息がこのような目に遭って、普通の親なら、犯人を探して敵を討ちたいと思うのが人情ではござらんか」

「……」

「それとも、町方の手を借りずとも……そういう考えがおありなのか」

「私には何も申し上げられませぬ。ごめん」

壺井は苦渋の顔で一礼すると玄関に引き返し、若党中間を呼びよせて、順之助の遺体を河岸に繋いでいた屋根船に運んでいった。

奥田の屋敷は深川の五間堀《ごけんぼり》の際にあった。船を使えば人知れず遺体を屋敷に運び込めると考えたようである。

平七郎は、岸を離れていく屋根船を、秀太と一緒に大番屋の表に立って見送った。

「これで終わっていい筈がありませんよ。こちらも放っておける訳がありません。平さんと私は、この目で見ているんですからね」

秀太が言った。

「うむ」

平七郎も、屋根船が去っていった後の、寒々とした黒い川面を見つめながら、昨夜から今朝にかけての不可解な事件を思い起こしていた。

昨夜、八丁堀の河岸で腹を刺された少年を、近くの町医者に運んだが、匕首で刺された傷もさることながら、順之助の体には無数の生傷古傷があった。

診察した医者が驚いて文七と名乗る少年に尋ねてみると、傷は『論学堂《ろんがく》』という塾で日常的に行われている折檻の跡だと言った。

その時文七は、瀕死の友は奥田順之助といい、五間堀にある旗本の息子だと言ったのである。

だがその文七は、順之助の手当てをしている間に、どこへともなく姿をくらませていた。

順之助が息をひきとった後、平七郎は遺体を大番屋に運び、奥田の家に明け方使いをやったのだが、不可解なことばかりである。

論学堂というのは、いったいどういう塾なのか……また文七はなぜ姿をくらましたのか……平七郎の胸には疑問が残ったままだった。

二

「論学堂？……そういえば、女房からその名を聞いたことがある。親に反抗し、勉学や武術の鍛練を投げ出して、町のよくない者たちと遊び歩いたり、暴力をふるったり、さまざま悪癖を抱えている子弟を預かって、徹底的に厳しく教育をしなおすという特異な塾らしい。だが、一方で『子捨て塾』という噂もあるらしい。わしの倅《せがれ》が通っている塾でも一人、親がむりやりそこに入れたとか言っていた。立花、しかしだ。今回の順之助とか申す者のことは、いきがかり上仕方がなかったにしても、もうこれ以上関わるな。いつも言っていることだが、橋廻りは橋だけ見回っていればよい」

昨夕刻、上役の大村虎之助は、平七郎と秀太が橋廻りの報告に出向いた時、すでに大番屋の一件を聞いていたらしく、苦言を並べたのである。

だがその苦言の中に、論学堂とかいう塾の姿がぼんやりではあるが、見えてきた。

平七郎はあの時の、虎之助の言葉を思い浮かべながら、稲荷橋の欄干にもたれて、八丁堀南通りを西に向かって走って行く少年の一団を見詰めていた。

少年たちは、無駄口もたたかず、黙々と走って行く。

表情までは分からなかったが、いずれの少年も、順之助と同じように痩せていた。そして、順之助が着ていたような丈の短い着物を着ていた。

屈強の男四人が、列の前後に二人ずつついているが、この男たちは見張りのようで、少年たちを時々叱咤《しった》しているようだった。

いずれの男も、ちょっとした身のこなしの端々に、かたぎの人間とは思えないものがあった。

「平さん……」

ずっと集団を目で追っていた平七郎の側に、秀太が薪炭《しんたん》問屋の飯田屋徳太郎《いいだやとくたろう》を連れて渡って来た。

飯田屋は、稲荷橋の北袂に店を張り、主に行き来する船に薪や炭を売っている店だった。飯田屋にはこの橋の管理を任せてあった。

「これは立花様。論学堂について、お知りになりたいとか」

「うむ。飯田屋、あの一団だが、塾の者たちではないのか」

平七郎は、西に向かって走って行く少年たちの集団を指した。

「はい、そうですね。あの方たちは論学堂のみなさんですね」

「塾はどこにあるのだ」

「湊《みなと》稲荷の向こう、本湊町の海岸沿いの船屋に看板がかかっています。でも、まわりに高い柵をめぐらせておりまして、関係のない者たちは誰も入れないようでございます」

飯田屋は暗い顔をして言った。

ひと月ほど前のことである。

飯田屋が聞いた話によると、本湊町の家主が住民からの苦情を受けて、論学堂の中を見学させてほしいと申し入れたところ、渋々だが許可が下りた。ただし、塾生には質問しないという約束だった。

本湊町の住民や町役人たちが、それほど論学堂のことを気にするようになった背景には、この夏、塾生の中に死者が出たからだった。

塾生の死体が見つかったのは稲荷橋の橋下だった。

橋桁に打ち寄せる波と一緒に、行きつ戻りつして浮いていたのを橋袂の住人が見つけたのである。

引き上げてみると、目を覆いたくなるような傷が体にあった。

少年は堀に投げられたものか、あるいは塾のある海岸から海に流されたのか、いずれにしても殺人の疑いもあるとして、木島《きじま》という塾頭に番屋の役人が聞きにいった。

すると塾頭は、この子は訓練中に誤って海に落ちたものだと説明したらしい。

しかしそれまでにも、近隣の家々に塾生が助けを求めて駆け込んで来たという騒動があった。

その度に塾の男たちが引き取りに来て、少年たちを連れ戻していた。

塾は、すべて両親が納得した上での訓練だと言うのである。

両親の納得……その言葉を突きつけられたら、住人たちも手が出せなかった。

とはいえ、住民も不安を感じているのだからと塾頭に談判して、ようやく見学が適《かな》ったのであった。

「立花様、私が聞いた話によりますと、論学堂には、反省室なる牢屋があるようでございますよ」

「何、お仕置部屋か」

「町役人たちが見学した日も、三人の少年がそこに閉じ込められていたようですが、食事も与えてもらってないのか、死人のような顔をして壁にもたれていたといいます」

「恐ろしい話ですね、平さん……なんとかならないものでしょうか」

「それですが平塚様、町の者たちは一度定町廻りの亀井様と工藤様がこちらに見えられた時にお尋ねしたそうでございますよ」

「なんと言ったのだ」

「虐待を受けているとか、殺されたとかいうことは、両親の訴えがなくては調べることはできぬと……」

「あの人たちの言いそうなことだ」

秀太は憮然として言った。

「私が知っているのは、それぐらいでございます」

飯田屋はそう言うと、来客を待たせておりますので、これで失礼いたしますが、何かまだ御用がございましたら、お店の方にお立ち寄り下さいと言い、引き上げた。

「平さん、親は塾の本当の姿を知らないのかもしれませんね」

「うむ……」

欄干から離れようとした平七郎が、また顔を戻して河岸を見た。

「おい秀太、見てみろ」

て現れた。

平七郎が目で指す向こう、順之助が刺された場所に、中年の、武家の妻女が女中を連れ

妻女はしゃがみこんで手を合わせた。

女中も側にしゃがんで、手を合わせている。

二人は長い間、そうして祈り続けていたが、ようやく立ち上がった。

「平さん、もしかしてあの奥方は……」

「会ってみよう。秀太、飯田屋に走って、座敷を貸してくれないかと頼んでくれ」

「承知しました」

秀太は緊張した顔で頷くと、橋袂の飯田屋に駆けていった。

はたして、武家の妻女は殺された順之助の母だった。名は久栄《ひさえ》と言った。

久栄はまだ四十には達していないと思われるのに、ひどく老《ふ》けこんでいた。化粧ののりも悪く、痩せていて、肌に艶《つや》というものが無くなっていた。

河岸をあがってきた久栄に、平七郎が立花だと名乗ると、用人の壺井から平七郎の名を聞いていたのか、久栄はあっと息を呑んだようだ。

「少し、お尋ねしたいことがあるのですが」

意向を伺うと、久栄は、二つか三つ瞬きをする間迷っていたが、すぐに決心をしたよう

に頷いた。

意外に気丈なひとだと思った。

だが、秀太が頼んでくれた飯田屋の離れ座敷に上がり、主の徳太郎が挨拶をして下がると、久栄は暗い顔を向けた。よく見ると、目を覆いたくなるほどやつれ切っているのが分かった。

心の焦点を失っているような、虚ろな表情で、

「順之助には可哀そうなことを致しました」

久栄はふるえる声で言った。

「あの子は……」

とさらに続けようとした途端、言葉がとぎれた。

あの子……と口に出しただけで、押し込めたつもりの悲しみが、またこみ上げて来た様子である。

——無理もない。

と、平七郎は思う。

もっとも身近な人間を亡くした者は、しばらくは、その人の姿が頭をかすめただけでも、胸が痛くなる。

平七郎にも、父を亡くした時のその胸の痛みには覚えがある。

特に義母の里絵がさめざめと泣くのをみるのは辛かった。

平七郎は、しばらく息を殺して久栄の心が静まるのを待った。

「申し訳ありません」

久栄はまもなく、懐紙で目頭を押さえ、涙をぬぐうと、小さな声で「順之助は……」

と、改めて息子の名を呼んだ。

「順之助は、わたくしが殺したようなものでございます」

震える声だが、はっきりと言った。

「辛いことを聞くようですが、母上殿は、論学堂がどんなところだったのか、ご存じでしたか」

「ええ、知っているつもりでございましたが、今となってはわたくしが思っていたものとは、似ても似つかぬものだったということです」

「ふむ……差し支えなければ、そこのところをお話し頂きたいのです。論学堂のことは、どこで、どうやって知ったのか……順之助殿のような、第二、第三の犠牲者を出さないためにも、是非……」

久栄の目をとらえて言った。

「わたくしが論学堂の名を知ったのは、牛天神社に参った時でございます」

「牛天といいますと、神田上水にある、北野《きたの》神社」

「ええ、菅原道真公《すがわらのみちざね》にゆかりのある神社です。少し遠出になるのですが、順之助のことで悩んでおりましたので、何か、お参りをすればご利益《りやく》があるのではないかと思いまして、わざわざ出かけて行ったのです」

久栄は、ふっと遠くを眺めた。

季節は梅の咲く頃だったという。

牛天と呼ばれている北野神社は、長い石段を上った小高い山に御本社がある。

当日、山の境内は白梅紅梅が見頃で、それに月一度の植木市もあったことから賑わっていた。

久栄が本殿に手を合わせ、裏門に下りる石段の側まで来た時だった。

藤棚の側に小屋掛けがあって、そこから野太い声が聞こえて来た。

しかもそこには、久栄と似たような年頃の女が、輪をつくって、その声に聞き入っているようだった。

久栄は人垣の後ろからひょいと覗いた。

すると、小屋の中に端座している男が見えた。

男は、総髪の黒髪を肩まで垂らしていて、白い小袖に白袴、その上に黒羽織を着けた隠《いん》遁《とん》儒者のような男だった。

その男が、集まってきた中年の女たちを、一人一人捕えるように視線を向けながら、神妙な説教を熱っぽく繰り広げていた。

周りの女たちの真剣な表情を見て、久栄もつい立ち止まって話を聞いた。

すぐに雷に撃たれたような気持ちになった。久栄はその男の説教に魅了された。

男の話はこうだった。

仏の道も儒の道も、神の道も、結局人の心のあるべき姿を求めるためのものである。勉学を積むのも、剣術に励むのも、みな心の鍛練をめざしているものだが、近頃の子弟にはそれが足りない。

いや、欠落している。だからわが子が乱心したとか、あるいは放蕩したとか言って親は嘆くのである。困り果てて、どこかに救いをもとめるのである。

しかし、諦めてはいけない。

もしもこの私に、あなたがたの子弟を預けてくれるならば、不肖《ふしよう》木島宗海《そうかい》、きっと心身を鍛え直して、立派な人間にしてみせる。

事実私は諸国をまわって、今までに数百人を救ってきた。

塾の名は『論学堂』……一日早く入門すれば一日早く苦しみから逃れられるというものだ。

木島という男はそう言うと、

「えいっ、えいっ」

と裂帛《れっぱく》の気合いで、拳で空を斬ってみせた。

久栄はたちまち引き込まれ、終いには、こんな人に巡りあえたのも天神様のおかげかもしれない、感動で胸が震えた。

「ほう……それほどの説教を聞いたからには、御自分の、その眼で論学堂とやらを見聞されたのでしょうな」

「いいえ、それは……」

「何……していないのですか」

「はい……未練がましい親心は、いっさい、捨ててもらわねばならぬなどと言われまして……でもなぜその時見聞を拒否されたのか、この度、あの子の体を見てはじめて納得いたしました」

今思えば、あんなところに入れなくてもすんだのにと悔やんでいると、久栄は涙を流すのであった。

順之助は次男坊だった。嫡男《ちゃくなん》の兄と違って、なにごとにおいても粗雑で、不熱心で、注意を与えればぷいと外に出ていった。

勉学も剣術もほうり出して、奥田の長男は優秀だが次男はだめだなどと、遠慮のない半右衛門の友人などは平気で言った。

――なんとかしなければ……。

悩んでいたところに舞い込んだ救いの手、それが論学堂だったのである。

早速門を叩いたところ、何が起こっても文句を言わないという誓約ができるかどうか、月一両の月謝が払えるかどうかなどと質問され、書類に署名して拇印《ぼいん》を押したのだと言った。

町の寺子屋などは、束脩《そくしゅう》と呼ばれる月謝は、これこれと決まっている訳ではなくて、家の懐具合によっておさめる。

大店の商家でも、一分ぐらいなものだから、衣食の費用が入っているといっても、一両という月謝はびっくりするような高額といえる。

それでもすがる思いで子弟を塾に入れる者はいる訳で、事実久栄も夫と相談して、順之助のためにと貯めてあった金を塾の費用に充当した。

順之助は、論学堂に入れと父の半右衛門に言われた時、

「母上がそれをお望みなら……私がそうすることで母上の気持ちが楽になるのなら……」

そう言って、不承不承、承諾したのであった。

「あの子は……」

久栄は、また嗚咽《おえつ》をあげた。

だが、気持ちをふり絞るようにして話を継いだ。

「年頃ですから、次男坊という立場にあらがって苦しんでいたのだと存じます。それも分

からずに塾にやる馬鹿な親を責めるどころか、わたくしのことを案じて……それに思いが至らなかった我が身が、何より口惜しいのでございます」

「……」

「この苦しい気持ちをどうすればいいのかと……あの子に償うとしたら、母親としてどうすれば良いのかと、わたくし、ずっと考えているのでございます」

「母上殿」

秀太が涙声で呼んだ。

「母上殿が決心さえすれば、順之助殿の魂、救われます」

「順之助の魂が……」

久栄は、涙の目で秀太をみた。

秀太は頷いた。

「ここにいる立花先輩は、北町奉行所では黒鷹と呼ばれるほどの腕を持つ同心です。今は橋廻りですが、だからといって、このようなことを黙って見過ごすことの出来ない性分なのです。どうです。この立花さんを信じて、論学堂の悪を裁くため、訴え出ると決心されては……」

「でもそれは……夫は、順之助を塾にやっていたこと自体、家の恥だと申しております。実際病死と届けました。外に漏れることを恐れております」

久栄の顔は迷っていた。世に論学堂を訴える勇気はないように思われた。

——それならそれで、やりようがある……。

平七郎は質問を変えた。

「母上殿、一つだけお聞きしたいが、順之助殿と一緒に逃げてきた少年がいました。文七と名乗りましたが、どちらの子弟かご存じありませんか」

「文七さん……」

久栄はしばらく考えて、

「ひょっとして、あの時の……」

「何か、覚えがございますか」

「あれは、あの子が塾に入って十日ほどたった頃でした。一度だけ面会が許されまして、会いに行ったことがあります。その時順之助が、良い友達が出来たと言っておりまして、その子の名を尋ねると、文七さんと言ったような記憶があります。上総屋《かずさや》さんの息子さんだとか申しておりましたが……」

「上総屋」

「そのお子がどうかしましたか」

「順之助殿と一緒に逃げて来た少年ですが、その後の行方がつかめていないのです」

「まあ……」

久栄は哀しげな声を上げた。

三

文七は、もう半日以上も馬喰《ばくろ》町の堀に面した裏庭にある小屋の中から、醬油樽が蔵に運ばれるのをじっと見ていた。

上総屋の店は、店の裏手にある蔵が堀に面していて、諸国から運ばれて来る醬油の樽は、この堀から裏庭に上げられて、そして蔵におさめられる。

一般に酒は、冬の寒い時に造られるのが美味《おい》しいとされているが、醬油は夏の暑い時に仕込んだほうが美味しいらしい。

だから丁度、秋も深まったこの時期が、一年中で最も多量に、しかも出来たての醬油が運ばれて来るのである。

裏庭に山のように積まれた醬油樽を、人足や店の者たちが、手際良く蔵に運び入れるのを懐かしい思いで見詰めながら、文七は、子供の頃から慣れ親しんだ香ばしい醬油の香りを、体の隅々まで吸い込んでいた。

香りは、文七が隠れている小屋の向こうに積まれている醬油の樽からも匂ってきたし、蔵の中からも届いていた。

生まれてからこの方、論学堂にやられるまでの十五年間、文七はこの裏庭で育ってい
る。

向こうの塀近くには、代々家人が信仰しているお稲荷さんが祀られているし、その横手の天水桶には、かつて文七が友達と回して遊んだ輪回しの竹の輪が立てかけてあった。蔵の前では、人足や店の者たちに小言を言いながら帳面をつける年老いた番頭喜助《きすけ》の懐かしい姿も見えるし、小僧ながら大人顔負けの力持ちの梅吉《うめきち》が樽を担いでいるのも見える。

なにもかも、昔と少しも変わらない風景だった。

――ちくしょう……誰に遠慮することもない我が家だったのに、なんだってこんな場所に隠れて、店の様子を窺《うかが》わなくてはならないんだ。

そう考えれば考えるほど、文七は悔しさで体が震えるのであった。

――出てこい、蔵之助《くらのすけ》。

出てきたら、飛び出していって、ひと突きに殺してやる。俺がこの数か月、論学堂で味わった苦しみを、あいつに返してやる。

文七は、呪いの言葉を胸の中で繰り返しながら、懐に忍ばせてきた鑿《のみ》を、着物の上から確かめていた。

思えば、自分がこんな目に遭うことになったのは、父が亡くなったことが始まりだ。

今年の正月明けのことである。

諸国醤油問屋『上総屋』の主だった文七の父親忠兵衛《ちゅうべえ》は、病の床についたと思ったら、あっけなく亡くなった。

ところが、三月もたたないうちに、母のおとみが、手代だった蔵之助と再縁したのである。

まだ悲しみも癒えていない頃に、母が再縁したことは、文七にとっては衝撃だった。絶対許せない出来事だった。

文七はこの年十五歳になっている。母を助けて店をもり立てようと、文七なりに考えていたのである。

だが母が手代と再縁したことにより、そんな思いも黒い影に閉ざされて、不安だけが文七には生じていた。

はたして、手代の蔵之助は文七を呼んで、

「立派な商人になるために、若いうちは勉学に励みなさい。広い視野を持つように、いろいろなことを身につけなさい。これからは体が丈夫なだけでは商いは出来ませんよ」

そう言ったのである。

――へん。読み書きそろばんぐらい出来るんだ。今更なにを言っている。

文七には不満があった。

蔵之助が母と商いの相談をしているのを見るだけでも虫酸《むしず》が走ったし、夜になって、母と同じ部屋で休む蔵之助が許せなかった。反吐《へど》が出るほど嫌だった。

勉学しろなどともっともらしいことを言い、俺を外に出している間に、蔵之助は母といいことをしようとしているのだと思うと、言うことなど聞くもんかと、なにかにつけて反発した。

あんなにふっくらとして美しかった母が、父が亡くなり蔵之助と再縁したことで、思いがけない家庭の不和に身を置くことになり、見る影もなくやつれていった。それだって全て蔵之助のせいだと、あいつがいるからこんな事になるのだと文七は思った。

だから文七は蔵之助が右と言えば左、黒と言えば白、ことごとく反発した。町のちんぴらたちに近づくようになったのは、まもなくだった。

それを注意されて、母を突き飛ばしたのも、そんな時だった。

突き飛ばしておきながら、母が簡単によろめいて悲鳴を上げた時、文七はまたたく間にむなしさに襲われた。

自分の鬱憤《うっぷん》を、かよわい母に向けたことの情けなさ。それよりも、母はどれほど哀しい気持ちでいるかと思えば、身の置き所がないと思った。

そんなある日、母に呼ばれた。

部屋に入ると蔵之助が待っていて、一方的に論学堂とかいう塾に入ることが決まったと言い渡されたのである。

あろうことか、論学堂の者だという強面《こわもて》の男二人が、待っていたのであった。

その男たちが、塾を抜け出して来た時に追っかけて来た、直次郎と時蔵だった。

論学堂では、文七は目の敵《かたき》にされた。教官のやり方にことごとく反発したからである。

論学堂が塾生を募集する文言《もんごん》には、文武両道を鍛え上げ、働くことの貴さを教えるなど
と、もっともらしい事を並べていたが、文七が体験したのは、過酷な訓練と飢えだった。

塾内で死亡者が出ても、塾は急病で亡くなったと親に届けるために、外部に事件として
漏れることはなかったのである。

このままだと、どうせ殺されてしまうんだ。

文七は、塾生のなかでは一番の親友だった順之助と脱走を計画し、実行した。

その順之助が大怪我をして、側にいてやりたいと思いながらも、同心の目を逃れるため
に姿を隠したのである。

義父の蔵之助への復讐が不可能になる。いや、それより、また蔵之助に塾に戻されるか
もしれないと思ったのだ。

文七は、順之助が医者に運ばれたところで、永島町の叔母の家に走ったのであった。

叔母のおてるは母の妹だった。

亭主の金蔵《きんぞう》は腕のいい樽職人で、弟子を三人も抱えていた。

だが二人には子供がいない。ずっと文七をわが子のように可愛がってくれていた。文七の頭には、その叔母夫婦の家に身を寄せれば、けっして自分を粗末にはしないという確信があった。

案の定おてるは、文七の姿を見た途端、泣いてくれた。なんにも説明しなくてもいいよ、お前の苦労は分かったとおてるは言い、

「あたしが中に入ってあげるから、それから家に帰ればいい」

慰《なぐさ》めてくれたのだが、文七は、しばらく母には内緒でこの家においてほしいと頼んだのである。

叔母夫婦は、上総屋の家の事情は知っている。

文七がそう言うのなら、しばらく様子をみてからでもいいではないか……金蔵がそう言ったものだから、文七はようやく叔母の家に落ち着くことが出来たのである。

ただ、そうはいっても母と叔母は姉妹である。

そう遠からず、文七を預かっているなどと、叔母は母にこっそり告げるに違いない。

——そうなる前に、あいつに復讐しなければ……。

文七は、今朝叔父たちが仕事場にいないのを確かめると、叔父の大切な道具のひとつ、鑿を懐に入れ、まっすぐ実家に来たのである。

勿論表通りからではなく、裏の堀端から庭に忍び込み、蔵之助の出てくるのを辛抱強く

待っているのだ。

しかし、最後の樽が蔵の中におさまるまで、一度も、蔵之助は裏庭には現れなかった。とうとう番頭以下、蔵に鍵をかけて、表の店に移動してしまった。

——ちっ、みんな奉公人に任せっきりかよ。

昔なら、手代だった蔵之助が、商品の搬入搬出の帳簿つけをしていた筈なのに、顔も見せないとは、

——偉くなったもんだぜ。

文七は、いっぱしの大人のように舌打ちした。

小屋から見える空模様が、あやしくなっている。

——出直すか……。

体を起こした文七は、硬直した。

母が現れたのである。

——おっかさん……。

胸の中で呼ぶだけで、涙があふれそうになる。

母のおとみは、何かを懐紙に載せてきたようで、それをお稲荷さんに供えて手を合わせると、

「私の命にかえて、どうぞ、文七をお守り下さい」

そう祈ったのが聞こえた。

小さな声だったが、母が唱えた言葉は、はっきりと文七の耳に届いたのである。

――おっかさん。

文七の胸は締めつけられるように痛い。

紛れもない優しい母がそこにいた。母は少しもかわらず、俺を愛しいと思ってくれているのだと、文七は改めて確信した。

父が健在で、幸せだった頃が、頭の中を駆け巡る。

――ちくしょう。あいつのせいだ。

蔵之助への憎しみは、ますます募った。

長い間手を合わせていた母が、空を仰いだ。

突然の秋雨だった。

母は、あわてて中に入った。

文七は、降り出した雨の中に出て、お稲荷さんの前に立った。

文七の大好物の羊羹《ようかん》が供えられていた。

文七は泣いた。雨に打たれながら、文七はひいひいと声をあげた。

だがその声も、次第に強くなる雨足に消されていったのである。

「ずいぶんよく降りましたこと、これでまた、一段と寒くなりますね」

玄関から里絵の声が聞こえて来た。

平七郎は夕食を済ませてから、捕物に関する帳面を捲《めく》っていた。

記帳してあるものは、父が生前、直接携わった事件の控え帳なのだが、非番の時など、時折読み返しているのである。

墨の跡を眺めるだけでも、そこに父がいるような気になって力が湧いて来る。また、記録が微細なので大いに参考になるのである。

だから帳面を読み始めると、家の中の物音や話し声など気にならなくなるのだが、今日は母の天気を窺う言葉がひっかかった。

それは今日夕刻、柳橋の料理屋『梅川《うめかわ》』の軒下で思いがけない男と出くわしたが、その時、その男と同伴していた女が口走った台詞《せりふ》が、母と同じような天気を窺う台詞だったからである。

その男というのは、総髪で、柳鼠の綿入れの小袖の上に、黒の袖無し羽織を着けていた。

女の方は、みるからに上物の小袖を着けており、どこか大店の妻女かと思われたが、平七郎が雨に遭って梅川の軒下に一時避難のため飛び込んだその時に、二人は町駕籠《かご》を連ねて乗りつけて来て、平七郎の側に下り立ったのである。

どこかで待ち合わせをしていたか、あるいは今まで一緒に時を過ごしてきたのか、二人の雰囲気にはどこか禁断の香りが漂っていた。

男が女の肩を触ったり手を握ったり、大胆に振舞っているにもかかわらず、女はそんな行為を咎めるふうでもなく、黙って、なすがままに許していたが、平七郎の眼には不快を忍んでいるように見えた。

その時に、女が「このぶんだと寒くなりますね」と言ったのである。

男に媚《こ》びた言い方だったが、最後に『木島様』と男の名をつけ加えたのである。

さらに続けて女は言った。

「息子のことを、くれぐれもよろしくお願い致します」

縋るような声に聞こえた。

「この木島宗海に任せてくれれば、心配ない」

男は胸を張るようにして言い、女をぎゅっと抱き寄せた。

――何、木島宗海だと？……すると側にいる女は、息子を宗海の塾に預けようとしている母親か。

平七郎が、ふっと男の横顔に視線を投げた時、料理屋の女中が走り出て来て、

「木島宗海様でいらっしゃいますね。ご連絡は頂いております。どうぞ」

と、中に案内したのである。

平七郎は、「おいっ」と男を呼び止めた。

振り返った男の顔を見て驚いた。宗海という男は、これまでに出会ったことのない悪相だった。あまりの悪相にびっくりした。

太い眉、太い鼻、額に刀傷のうっすらと残る、険悪な顔だった。

身を包んでいるのは絹物だが、平七郎には男が昔、どんな修羅場を踏んできたのか想像がついた。

「論学堂の木島宗海先生か」

平七郎は、わざと先生をつけた。

「そうだ。木島宗海だ。何か用かね」

宗海はうさん臭げに平七郎をじろりと見据えて、女と女中に先に行けと手で追いやった。

「先生の塾では、何が行われているのか教えてもらえませんか」

平七郎は宗海の行く手を遮るように体を寄せた。

「何……」

「おてまえの塾から逃げて来た少年が殺されたのはご存じでしょうな」

「何を言いたいのだ」

「ずばり聞こう。先生が殺《や》らせたのか」

「話にならん、何を血迷っている」

平七郎を押しのけるようにして暖簾を割ろうとしたその横顔に、平七郎は容赦なく言った。

「町方を甘くみない方がいい」

「ふん」

宗海は、鼻を鳴らして奥に消えた。

宗海が女に示した人の眼もはばからない好色振りは、大切な人の子を鍛えあげる人徳者とはほど遠い姿だった。

――胸糞の悪い男だ……。

平七郎の胸の中は、改めて憤りに包まれた。

「平七郎様、おこうさんです」

考えを巡らせていた平七郎に、又平が知らせに来た。

「おこうが?」

「はい」

又平が返事をするや、おこうの足音が聞こえて来た。

「じゃあ、お茶をお持ちします」

又平は引き下がった。

「平七郎様、夜分にすみません。ちょっとご紹介しておきたい人が現れまして、少しでも早い方がよいかと存じまして」

おこうは、まだ前髪を剃った後も青々として見える、十七、八歳の男を連れていた。

その男子がどこかの奉公人だということは、物腰、出で立ちを見て察せられた。

「私は庄太郎《しょうたろう》といいます。おこうさんと辰吉さんに説得されまして、なにもかもお話ししたほうがよいって……それで、参りました」

庄太郎と名乗る若い男は、まずそう言った。

「平七郎様、この庄太郎さんは、つい先月まであの論学堂にいた人ですよ」

とおこうが言った。

「まことか」

「はい。私は五か月間あの塾におりました」

「何、五か月も……」

「平七郎様、庄太郎さんの家は饅頭《まんじゅう》屋さんだったのですが、ひと月前にお店が潰《つぶ》れて……借金があったそうです。それでおとっつあんが自害して、月謝も払えなくなったようで、塾は追い出されたということなんです」

庄太郎は父の仕事を継ぐのが嫌で反発し、それが重なって論学堂に入れられていたらしい。だが、店が潰れ、父親が自殺してみると、あれほど嫌だった饅頭屋をもう一度再興したいという気持ちが起きた。

今は父の知り合いだった饅頭屋で奉公しているのだと言った。

「平七郎様。あの塾は、人を育てるなんてとんでもありませんよ。この庄太郎さんから聞いてわかったことは、世のため人のためなんて大嘘、何もかも多額の金を手に入れるための口実です。塾生は、なんの根拠もない教練訓練をさせられて、おまけに教官の退屈しのぎにいじめにあって、些細《ささい》なことで食事の量を制限され、あるいは反抗すれば鎖でつながれて牢屋にいれられるということです。あげくの果てに殺されて、野良犬のように庭の隅に埋められた者もいるそうですよ」

「何、庄太郎とやら、まことか」

「はい。誰かにしゃべればいつでも殺すと脅されていたから、誰にもしゃべっていませんが……」

庄太郎は恐ろしげな顔をした。

「殺されて、埋められたという遺体だが、塾の敷地のどの辺りか、知っているのか」

「はい。私はあの塾では年長の方でしたから、穴を掘らされましたので、よく覚えています」

「ふむ……」

「あそこにいると、友達が飢えで苦しんでいても、折檻を受けて傷だらけになっていても、ちっとも驚かなくなるんです。自分さえ、無事生き延びられたらって……」

「順之助さんのことも、ご存じのようですよ」

おこうが側からまた言った。

「では、文七も知っているな」

「はい、二人はとても仲がよかったです。あんなところで助け合う友人がいたなんて、珍しかったので覚えています」

「文七の家は、上総屋だと聞いているが」

「そうです。醬油屋です」

「醬油屋なのか」

「はい。あの、おこうさんから文七さんのこと聞きましたが、その後文七さんはどうなったのでしょうか」

庄太郎は、突然心配そうな顔をした。

やはり文七の消息が気がかりのようだった。

「今頃は家に帰っているんじゃないか」

「いいえ、そんな筈はありません。あいつは親父を殺すために脱走したんです」

「何……」

「可哀そうな奴なんです。文七を助けて下さい。人殺しをさせないで下さい」

庄太郎は手をついた。

四

「おかみさん、文七さんのことでお話があるのですが」

おこうが、馬喰町の上総屋の店を張ること半日、文七の母おとみが店の外に姿を現したのは、八ッ半（午後三時）頃だった。

おとみは風呂敷包みを抱えていたが、供は連れずに一人だった。

「あなたは？」

おとみはびっくりした顔でおこうを見返した。

おこうが読売屋の一文字屋だと告げると、瞬く間に不安な表情をおとみは見せた。

「文七に何かよくないことでもあったのでしょうか」

「とにかくここでは……私のお店は通油町にございます。そちらまでご足労下さいませ」

有無をいわさず、おこうはおとみを一文字屋に誘った。

上総屋がある馬喰町と、一文字屋がある通油町は隣町だ。上総屋からまっすぐ南にさがって、神田堀と浜町堀を繋ぐ辺りに一文字屋はあった。

おこうに黙ってついてきたおとみが、もう一度びっくりした顔をしたのは、店で平七郎が待っていたからである。

おとみは、一層不安な表情をみせた。

「落ち着いて聞いてほしいのだが、息子さんが論学堂を脱走したことをご存じかな」

平七郎は静かに言った。

「脱走……あの子が脱走したのでございますか」

「そうです。一緒に逃げてきた順之助という少年は殺されました」

平七郎は、自分は橋廻りの同心だが、偶然八丁堀の河岸を見まわっている時に、二人が襲われるところに出くわしたのだと言った。

「ところで、文七は、親父さんに復讐するために脱走したらしいということだが……」

平七郎は、ずばりと言った。

「復讐……まさか」

「心当たりはあるのですな」

「でも、それほどあの人を嫌がっていたなんて……」

「ご亭主が亡くなられて、再縁したと聞いていますが」

「はい」

「手代だった人で、蔵之助さんという人だそうですが、文七はどうやら、自分が邪魔者扱いにされているようです。論学堂に入れられたのも、そのせいだと……」

「それは違います」

おとみは、撥ね返すように言った。

「再縁は亡くなった夫の遺言だったのでございます」

「遺言……」

「はい。あのお店を、揺るぎないものにしたのは、蔵之助さんの力あってのことでしたので」

上総屋の醬油は、十年前までは下りもの醬油一本で商ってきた。

だが蔵之助が、諸国をまわって、醬油の材料である豆、麦の吟味はおろか、醬油造りの現場にも足を運び、使用する麴《こうじ》の善し悪し、工程なども実際に見て、下りものにとらわれない、本当に美味しい醬油を売ることに力を注いできた結果の繁栄だった。

蔵之助の才覚はそれだけではなかった。

一般に、醬油の樽は三斗三升、一斗、八升と三種類があり、江戸では八升入りが重宝されているが、下りものの上物は、値段も高いがそのかわり中身も七升五合を保証していた。

一方江戸近隣でつくられる安い醬油は、八升の樽に七升ほどしか詰めてなかった。

これでは安いという利点はあるが、関東醬油の信用にかかわると蔵之助はいい、上総屋の醬油は地廻りの醬油でも、七升五合きっちり入っていると、世にしらしめたのである。

しかも、それまでやったことのない小売りも始めた。

小売りは、一升売りのことだが、普通卸問屋がやる商売ではない。

それを蔵之助は、一升しか買えない人にも、蔵出しの醬油を味わってもらいたいのだと言って、始めたのである。

一見、馬鹿な行為だと、問屋仲間から笑われていたその商法が当たった。

上総屋は情もあり、お客を裏切らない商いだと言われるようになり、塵もつもればなんとやら、上総屋は不動の地位を築いたのであった。

蔵之助は、それほど店に貢献しながらも、暖簾分けを願う訳でもなく、妻帯して店の外に住む訳でもなく、ずっと店に住み込んで働いてきた。

その多大な功績を有り難いと思っていたからこそ、亡くなった夫の忠兵衛は、文七が店を継ぐことができるよう成長するまで、店の主として経営に携わってほしいと願ったのであった。

忠兵衛が枕元に蔵之助を呼んで、そのことを頼んだ時、蔵之助は手代のままで協力すると誓ったが、忠兵衛の考えは違った。

主になることで、より真剣勝負で取り組めるし、倅《せがれ》も任せられる。第一思慮のない倅が、手代のままの蔵之助に言われても、きっということを聞かなくなるだろうというのが忠兵衛の考えだった。

「浮いた話で一緒になったのではありません。もちろん、今の夫が嫌いなら再縁なんてできませんが、私もずっと信頼をよせてきた人でしたから……」

おとみはそう言うと、深い溜め息をつき、

「そうは言っても、あの子にしてみれば……そういうことだったのかもしれませんね」

「ふむ。話は分かるが、論学堂にやったのは、まずかったな」

「夫も近頃はそのように言っておりました。信用したのが間違っていたのではないかと……」

「気づいた時に、引き取りにいけばよかったのだ。あそこは、この世の地獄だ。文七もひどい痩せようだった。満足に食事も与えられていない証拠だ」

「夫もそう言って、一度塾に行っています。文七を引取りたいと……でもその時は、文七が拒否したのです。家に帰りたくないと言ったそうです」

「……」

「文七さんの抵抗だったのね」

側からおこうが言った。

「ええ、ですから術《すべ》がなくなった夫は、あれからもたびたび稲荷橋に行っているのです。文七の姿を探して、元気かどうかを確かめるために」

「稲荷橋に？」

「ええ、あの橋の上から、夏場などは特に、八丁堀河岸で塾生が船を漕いだり、水練をしたりするのが見えるようですから……なんどか文七の姿を見たといって、ほっとして帰ってきておりますから」

「今日も行ったのかね」

「あの辺りで商談があると言ってましたから、きっと……」

「平七郎様……」

おこうが、緊張した顔を向けた。


「お前はさきに帰っていなさい」

蔵之助は稲荷橋の袂で、手代の友吉《ともきち》に先に帰るように言いつけた。

「それでは私はこれで……」

「集金したお金もある。気をつけておかえり」

「はい。旦那様もお気をつけて……」

友吉は心得顔で頷くと、蔵之助を置いて帰って行った。

蔵之助はゆっくりと橋を渡り、中程の欄干で立ち止まった。

海を背にするようにして、八丁堀の河岸をのぞむ。

日は落ち始めていた。海からの風は強く、着物が二本の足にすいつくようにまつわりつく。

吹くに任せて欄干に手を置いて河岸を見た。

人足たちの仕事ももう終《しま》いのようで、あちらこちらで声をかけ合って、河岸を後にする姿が見えた。

人気《ひとけ》がなくなると、海の方からぱらぱらと都鳥が飛んで来て、黒い水面《みなも》に純白の羽を広げて舞い降りた。

鳥は、悲しげに鳴いた。

猫がなくようにも聞こえるが、しかしよく聞いてみると、互いに相手を呼びあっている。

——渡り鳥でさえ、ああして家族が仲良く過ごしているのに。

私たちはいったい何をしているのだろうかと思う。

こんな場所に立ってみたところで、なんの解決にもならないことは、蔵之助自身が一番よく知っているのである。

知っていながら、立たずにはいられない。

まさかもうこの季節に、この堀で文七たちが泳ぐこともないだろうと思いながらも、しかし船を漕ぐ訓練はするかもしれないとか、競走の訓練はある筈だなどと考えて、この橋の上に立つのであった。

文七の無事な姿を見たい、一刻も早くなんとかしなければとこの橋に立つのだが、さすがにこの季節のこの時刻、論学堂の塾生の姿を見ることの出来る時刻ではないことに気づいたのである。

――やはりもう一度塾頭の木島宗海にかけ合って、なんとか文七を引き取らなければ……こんなところに立って案じているより、それがいい。文七が嫌だと言っても、それこそ親の権限で連れ帰ることだ。

――文七は、主だった忠兵衛の忘れ形見……。

その文七を心丈夫な男子にしようと思ったが、今はそれが自分の思い上がりだったと知り、おとみと一緒になったことさえ悔やまれる。

自分が上総屋の後におさまらなければ、文七の心も荒れることはなかったのではないかと思う。

――ただ……亡くなった旦那様は、わたしの心の中をご存じだったに違いない。

とも思うのであった。

蔵之助が若い頃から、ずっと主である忠兵衛の妻おとみを、心の中で愛してきたことを、主の忠兵衛は知っていたのだと蔵之助は思うのであった。

世に、滅私奉公という言葉があるけれど、おとみが上総屋の女房でいる限り、蔵之助は身を尽くして店に奉公すると決めていた。

おとみが、上総屋の若女房として店にやってきた時から、蔵之助は心の中でそう誓っていた。

おとみは、蔵之助の思いにふさわしい、美しい人だったのである。

美しい人の側で働けることの幸せ、同じ屋根の下で暮らすことの幸せ……蔵之助はだからと言って、素振りに出すようなことはしなかった。

上総屋で働けるだけで、幸せだったのである。

離縁して上総屋を出ることだって考えられるが、忠兵衛に頼まれた通り、より店を大きくして、文七に渡すという使命がある。

暗くなってきた水面を見て欄干から体を離し、急いで橋を下りた。

その時だった。

袂にある石灯籠《どうろう》から、なにか黒いものが飛び出して来て、どんっと蔵之助に体当たりした。

左腕に熱さを感じたその刹那《せつな》、

「離せ、離せよ」

文七の声がした。

文七が、男に押さえつけられてもがいていた。

「上総屋さんだね」

男が文七から顔を上げて、険しい顔で呼びかけてきた。

平七郎だった。

「はい」

返事をして駆け寄ろうとした蔵之助の腕から、血が流れているのに気がついた。

「すぐに手当てを……俺は橋廻り同心、立花という」

平七郎が言いながら文七の腕をねじ上げて、

「これはあんたの息子の文七だね」

念を押す。

「はい……ですが、どうして文七が、こんなところに」

「抜けて来たんですよ、文七は」

「文七……」

ほっとして駆け寄ろうとした蔵之助の顔を、

「親父面なんかしないでくれ」

文七は悪態をついた。

「どうしようもないな……来い。一緒に来るんだ」

平七郎は厳しく言った。

五

まもなく、稲荷橋の西詰突端にある船番所に火がともる頃、平七郎は上総屋父子を、橋袂の飯田屋徳太郎の店の座敷で対面させていた。

蔵之助の腕には、さきほど町医者が施してくれた白い包帯が巻かれてある。

飯田屋は三人のために、軽い膳まで用意をしてくれたが、誰も手をつけてはいなかった。

食事を摂《と》るどころか、ずっと沈黙が続いていて、部屋には重苦しい空気が流れていた。

灯火の灯の中で見る文七の顔は、数日前よりいくらかふっくらしてきたように思えたが、よく見るとひどい痩せ振りはそのままだった。

蔵之助は、痛々しい目で、文七の体を眺めていたが、文七は一点を見つめたままで、けっして蔵之助を見ようとはしなかった。

「お前は、親父さんを殺そうとした。自分のやったことが分かっているのか」

平七郎が口火を切った。

「親父じゃねえや」

文七が言った。俯いたままの姿勢で言ったのだが、声音には寄せつけないような冷たさが窺えた。平七郎は静かに言った。

「文七、この世に、お前の親父といえる人は、この人しかいないのではないのか」

「俺の親父は死んだんだ。この男は、親父の店を乗っ取るために、おふくろをたらしこんだのさ」

「そうかな、そんな話は聞いてないぞ。蔵之助さんは、店を守るために主になったんだ。第一、お前が認めなくても、世間では上総屋の主は、このお人だ」

「親父じゃねえって……上総屋の主だなんてとんでもねえよ」

「馬鹿者！」

平七郎の拳が飛んだ。

あっと頬を押さえた文七の双眸が、みるみる涙で膨れ上がった。その目で文七は、平七郎を睨んで来た。

その目をまっすぐに捕らえたまま、平七郎は静かに言った。

「本当にお前はそんなことを考えているのか……ん？」

平七郎は、おとみから聞いた蔵之助の話を、順をおって文七に話してやった。

おとみは、蔵之助がどんな思いで上総屋のために頑張ってくれたのか、その理由も分かっていて、平七郎に打ち明けてくれたのである。

むろん、前夫忠兵衛が蔵之助に抱いていた強い信頼感も、それがあったからこそ店の行方を託したんだということも、あらいざらいおとみは話した。

それをそのまま、平七郎は文七に話してやったのである。

文七を一人の大人として話してやる。それも真実を話してやるのが、一番だと平七郎は思ったのである。

「蔵之助さんが忠兵衛さんを説得して始めた問屋の一升売りの話だがな、なぜ、そんな手間のかかることをしてまで、一升しか買えない人々に醬油を売ってあげるようになったのか、お前には分かっているのか」

平七郎が尋ねると、僅か、ほんの僅かではあるが、文七が頷く所作をしたのである。

――文七は、ちゃんと人の話を聞いている。

平七郎は、話を続けた。

「それはだ。蔵之助さんは貧しい百姓の生まれだったからだ。一升買うのがせいぜいの暮らしだったのだ。それも美味しい上物の醬油じゃない。一度しぼった絞り滓《かす》に水を注いで出した醬油だ。梅雨の頃にかびが生えてくるような……。それでも醬油を買える時は金のある時で、金のない時には、味噌の上澄みをとって醬油に代用していたんだ。蔵之助さんは、そういう生活をしていて醬油屋に奉公したのだ。こんなに美味しい醬油を、一升しか買えない人にも味わってもらいたい……蔵之助さんはそう思ったのだ。今それが、どれほど近隣の貧しい人たちに喜ばれているかわかるな」

　文七は、また、ほんの僅かだが、頷いた。

「そんなおもいやりのある人が、どうして店を乗っ取ろうなどと思うのだ」

「……」

「文七……これは言わないでおこうと思ったのだが……蔵之助さんとお前のおふくろさんは、まだ他人のままだぞ。言ってることはわかっているな」

　じっと見た。

　文七の顔に、少年らしい恥じらいが走った。

「立花様、もうよろしいのです。私はこの子に刺されたって仕方がありません。こんなに瘦せるほどのひどい所にやったのですから」

　蔵之助が耐え兼ねたように言い、深く溜め息をついた。

「蔵之助さん、それはそれ、これはこれだ。いや、このことさえはっきりわかれば、みんな解決することだ。いいか文七、蔵之助さんはな、商いのために主の座に座ったが、お前のおっかさんと本当の夫婦になるのは、お前が気持ち良く了解してくれて、忠兵衛さんの一周忌が終わってからだと言っている」

「まさか……」

「まさかじゃないぞ。そんなこと、真実お前を第一に考えて、お前を愛しいと思っていなかったら、出来ぬことだぞ」

「……」

「よーく、考えてみろ。お前が小さい時に、しゃぼん玉で遊んでくれたのは、蔵之助さんじゃなかったのか……ん？……竹馬の乗り方も、そして、輪まわしの輪を醤油の空き樽の竹を利用してつくってくれたのも、この蔵之助さんじゃなかったのか……それから」

「わかっています。俺はなにもかもわかっています」

話を続ける平七郎の声を遮って、文七が叫ぶように言った。

「文七……」

蔵之助が、切ない声をあげて文七の手を取った。

「ごめんよ。わたしを許しておくれ」

「俺も……ごめん」

文七は、小さい声で言い、わっと泣いた。

偉そうなことを口走っていても、まだ前髪の少年である。

文七は、胸の中にたまりにたまっていた哀しみを吐き出すように泣いたのである。

明六ッ……本湊町の海岸はまだ白い霧の中だった。

平七郎は辰吉を連れ、早朝から本湊町の足袋股引所の看板がかかっている軒下で、路《みち》を隔てた河岸地にある論学堂の建物を見張っていた。

そこからは湊稲荷にそびえる人造の富士山に白い霧がかかっているのがよく見えた。さながら本物の富士山を仰いでいるようだった。

肝心の論学堂は、最も海岸に近い場所に、コの字形に真っ黒くて高い塀を巡らせて建っていた。

東面は海岸に面していて、水際は船着き場になっているらしい。

この、コの字形の塀は、塀とはいえ平長屋の壁だった。

つまりは、コの字形の塀に沿って平長屋が続いている建物である。

論学堂から追い出されて、今は饅頭屋に奉公している庄太郎や文七の話によれば、塾生や師範が住んでいるのは、すべてこの塀を兼ねた平長屋だと言う。

平七郎は、懐から論学堂の屋敷地図を出した。

庄太郎と文七から聞き取って書いたものである。

それによると、平長屋の中には、一応勉学室や道場もあるにはあったが、庄太郎も文七も、そんな教場を使うようなまともな指導を受けたことは一度もなかったと言った。

根性の焼き直し……論学堂がやったことは、もっぱらその一点のみ、鍛練とか訓練に名を借りた暴力だった。

少しでも反抗すれば牢屋に入れられたが、その牢屋も、平長屋の入り口から一番奥になるひと部屋が当てられていた。

日常の生活はすべてがこの長屋で行われている訳だが、コの字形の真ん中にある四角い広場では、朝夕の点呼や訓示、また、みせしめのための仕置が行われていた。

外部の者がここに入って来ると、この広場に立つことになり、一目でその日常が知れるわけで、だからこそ外部からの侵入には目を光らせているようだった。

論学堂は、まるで動物を飼育し、管理しやすいように造られている建物のようで、人を育てる環境ではなかったのである。

ところが、子弟の心身を鍛え直すというふれこみだけで、多額の費用を支払ってまで子息をこの施設に送り込むという親がいることに、平七郎は驚いている。

「平さん、霧が晴れてきましたね」

辰吉がもたれていた柱から体を起こして、海の方を見た。

すると足音がして、秀太が飯田屋と文七を連れて走って来た。

「平さん、飯田屋は協力してくれると言ってくれました」

秀太が飯田屋をちらと見て、平七郎に告げた。

「すまんな飯田屋、他に手立てがないのだ。町方だと言って容易に扉を開ける筈もないからな」

「お任せ下さいませ。この辺りの住民のみなさんのためですし、恐ろしい目にあっている子供たちを助けるのですから、是非お手伝いしたいと存じます」

「慎重に頼むぞ」

「はい。実を申しますと、私の田舎では、夏祭りには小屋を建てて若者組が芝居を披露するのですが、私はいつも歌舞伎十八番の、あの勧進帳《かんじんちょう》の弁慶《べんけい》をやっておりましたからね。芝居っ気にかけてはこと欠きません」

飯田屋は得意げに笑ってみせた。

「なるほどな。して、お前の田舎はどこだ」

「瀬戸の明神社がございますところで」

「ああ、六浦湊《むつらみなと》か」

「さようでございます」

飯田屋はずいぶんと歯切れのいい口振りだった。

飯田屋の自慢話を聞いているうちに、朝の光がさしこんで来て、霧は瞬く間に晴れていった。

「では、文七さん」

飯田屋が緊張した顔で言い、黒塀の木戸門に向かって歩いて行った。

飯田屋と文七が門の前に立った時、平七郎たちは門の両端に身を隠すようにして、立った。

飯田屋は、大袈裟に手を上げて、門扉をたたき始めた。

「論学堂さん。論学堂さん。ここを開けて下さい！」

飯田屋はちらっと平七郎を見て、にこっと笑い、また門扉を叩いた。

「論学堂さん、この門を開けて下さいませ。こちらの塾生の方を一人、お連れしましたよ」

飯田屋は、声を張り上げる。

何の返事もなかったが、しばらくして、静かに人ひとりぶんほど戸が開いた。

「誰だ」

戸のうちから声がした。

「この少年ですよ。私の蔵に入り込んでおりましたので」

飯田屋は、文七の首ねっこをつかまえて突き出した。

なかなか真に迫った演技である。さすがの演技に論学堂の男が乗った。

「お前は、文七……野郎、手数をかけやがって」

文七をつかもうとして、無防備に門の外に体半分出して来た。

順之助を襲った男の一人、直次郎だった。

「こい」

直次郎は文七をつかむ。だがすぐに、

「いててて、何をしやがる」

腕をねじ上げられて睨んだ顔が、驚愕した。

「旦那」

目を丸くして、平七郎を見た。

「忘れてはいなかったようだな。中に入るぞ」

直次郎を突き飛ばすようにして、秀太ともども中に入った。

「何の騒ぎだ」

すぐに長屋から浪人一人と、目つきのよくない男三人が走り出て来た。

「お前は……みんな、こ奴らを帰すな」

八丁堀の河岸で平七郎に斬りかかって来た笠井という浪人だった。

笠井が刀を抜いた。同時に町人の男たちも、匕首を抜いた。

「馬鹿な真似はやめろ。お前たちはこの人には勝てぬ」

秀太がせせらわらった時、笠井が平七郎目掛けて斬りかかって来た。

二度、三度、刃の打ち合う音がしたと思ったが、あっという間に笠井の刀は宙に飛んでいた。

平七郎の切っ先は、笠井の喉元にあった。

「木島宗海は何処だ」

平七郎が厳しい声で聞く。

笠井は、首に当てられた刃から逃れるように、後ろ向きに移動し、やがて長屋の一室の前に立った。

「開けろ」

平七郎が、顎をしゃくった。

笠井が、股を開いたままの姿勢で、後ろ手に戸を開けた。

部屋の中に、あの宗海が、刀を抜きはなって仁王立ちになっていた。

宗海は、笠井が開け切れなかった戸を、音を立てて一杯に開け放ち、表に出てきた。

「せ、先生。こ奴があの時の橋廻りの同心です」

笠井が叫んだ。

「橋廻りの同心がなんの用だね。帰ってくれ」

宗海は、野太い声で、言い放った。

「そうはいかぬ。俺たちは確かに橋廻りだが、町の治安をあずかる同心にかわりはない。極悪非道の人間がいれば見逃す訳にはいかん」

「何をもって馬鹿げたことを……そうか、思い出したぞ。お前は、柳橋の梅川で、このわしに妙な言い掛かりをつけたあの町同心か、証拠もない話はやめろ」

「ここでどんなことが行われていたのか、すべて明白だ。それにな、奥田順之助の両親、文七の父親上総屋もお上に訴えると言っている。お前たちの非道も間もなくお天道様の下にさらされる筈だ」

「ふん。まっとうな教練に耐え切れなかった惰弱な者どもの泣き言を真にうけて……。ここは神聖な場所だ、町方とはいえ勝手に踏み込むことは出来ぬ……出ろ。出ていかぬというのなら斬るぞ」

宗海は、柄頭に手を添えた。

「ふむ……辰吉、秀太、塾生を外に出せ。一人も残らず外にな」

平七郎は、泰然として一味を睨んだ。

油断は禁物だが、宗海は別として、笠井やほかの配下の者たちの腕は知れている。

平七郎は、一味のひとりひとりに油断なく注意を払いながら、じりじりとひと隅に押しやった。

退路をつくって、塾生を逃がすためである。

「何をしているのだ。殺せ」

宗海は怒鳴ると同時に、刀を采配のように振り回した。

言葉とは裏腹に、宗海の顔はひきつっている。

平七郎は、軽く前に出て宗海を誘った。宗海は剣尖を神経質に上下させて窺っていたが、来ると思った平七郎の動きがないのに業をにやして、右袈裟斬りを狙って来た。

平七郎は、その剣を撃ち落とし、宗海が刀身を引き上げようとしたその時、それに乗じて、宗海の刀を擦り上げるようにして飛ばし、そのまま刃を、宗海の喉元に突きつけた。

辰吉と秀太が、塾生たちがたむろしているはずの長屋に向かって駆けて行った。

平七郎は、宗海の喉元に刃を当てたまま、体を移動させて、辰吉たちを追わないように、一味の進路を断ち切った。

蒼くなって歯ぎしりしている宗海とその配下の者に言い放った。

「悪足掻《あが》きはやめろ。被害にあった者たちが訴状に印を押し、奉行所はすでに受けつけている。殺された順之助の体にあった傷の跡も、医者によって検証済みだ。申し開きがしたければ、白洲でやることだ」

追い詰めて行く平七郎の側を、幾人だろうか、やせ細った塾生たちが辰吉に連れられて、門から逃げていくのが目の端に見えた。

その時である。

門前が急に騒がしくなったと思ったら、塾生と入れ違いに、馬に乗った一色弥一郎が捕り方を従えて走りこんで来た。

「北町奉行所与力、一色弥一郎、一味の者達をとりおさえる」

うろたえる宗海たちを見据えて言った。

「木島宗海、お前の正体はばれているぞ。ひところ山伏の格好で信濃《しなの》の山岳地帯を荒らしていたらしいが、もとは御家人木島金之助《きんのすけ》、女犯《にょぼん》の罪で生涯江戸払いとなった者だな。神妙にしろ」

一色が十手を振るより早く、平七郎が峰を返して宗海の首を一撃していた。

声もなく宗海はそこに崩れ落ちた。

気絶した宗海を見下ろす平七郎の側に寄って来た秀太が言った。

「わざわざ馬で乗りつけるなんて、一色様もかっこよすぎるんじゃないですかね」

平七郎は、ふっと笑って、

「引き上げるか」

踵を返した。

目を見張って立ち尽くしていた文七が、平七郎を追っかけて来て呼び止めた。

「俺、一升売りの小売りは、ずっと続けます」

文七は、ぺこりと頭を下げた。

「そうか、やる気になったか」

「はい」

「自信はあるのか」

「あります」

文七は胸を張った。

「よーし、それでいい……文七、またな」

文七の肩をポンと叩いて踵をかえした平七郎を、文七はまた、「あの……」と呼び止めた。

「でも、このこと、親父にはけっして言わないで下さい。俺は俺の考えでやるんですから……」

文七は、子供らしい悪戯《いたずら》っぽい眼を向けた。

はにかんだようなその顔が、朝の光に輝いていた。

解説——〝橋〟には人生の縮図がある

菊池《きくち》　仁《めぐみ》（文芸評論家）

本書『火の華《はな》』は、『恋椿』でデビューを飾った橋廻り同心・立花平七郎が活躍する藤原緋沙子の「隅田川御用帳」に続く、捕物帳の新シリーズ第二弾である。

現在、時代小説界の新たな動きとしては〝文庫書下ろし〟の出版点数が飛躍的に伸びていることを指摘できる。この動きの中で剣豪、伝奇ものと共に捕物帳が注目され、次々とシリーズ化されている。ちなみに代表的なものをあげれば、黒崎裕一郎「必殺闇同心」（祥伝社文庫）、宮城賢秀「徒目付事件控」（学研M文庫）、佐伯泰英「鎌倉河岸捕物控」（ハルキ文庫）、西村望「莨屋文蔵御用帳」（光文社文庫）等である。

もうひとつ顕著《けんちょ》な動きとしては、これは〝文庫書下ろし〟に限ったことではないが、女流作家の捕物帳への挑戦が目立っている。少し整理をする意味で現在、シリーズ化されている女流作家の作品をリストアップしてみよう。

ベテラン勢では平岩弓枝「御宿かわせみ」「はやぶさ新八御用帳」、澤田ふじ子「公事宿事件書留帳」「禁裏御付武士事件簿」「祇園社神灯事件簿」、杉本章子「信太郎人情始末帖」

等のシリーズがある。中堅では宮部みゆき「霊験お初捕物控」、北原亞以子「慶次郎縁側日記」、宇江佐真理「髪結い伊三次捕物余話」、諸田玲子「お鳥見女房」、松井今朝子「並木拍子郎種取帳」、小笠原京「旗本絵師描留め帳」等の作品が人気を呼んでいる。変わったところでは虚弱な若だんなと妖怪コンビが猟奇事件を解決する畠中恵「しゃばけ」シリーズや、まだ一作だが脚本家から転身した大野靖子『松島市兵衛風流帖』に期待がもてる。

〝文庫書下ろし〟で注目したいのが新しい書き手の登場だ。六道慧「十手小町事件帳」「浦之助手留帳」、近藤史恵「猿若町捕物帳」、そして、なんといっても注目株は本書の書き手である藤原緋沙子である。デビュー作品でありながら「隅田川御用帳」シリーズは、二〇〇二年に刊行された第一作『雁の宿』からたった二年間で第八作『夏の霧』まで刊行されている。いかに根強い人気をもっているかがうかがえる。

作者は小松左京主宰「創翔塾」に学び、その後、現在に至るまで脚本家として活躍。その間に歴史を学ぶため立命館大学文学部史学科に入り、卒業している。手がけた脚本には、「長七郎江戸日記」「鞍馬天狗」「京都妖怪地図」「はぐれ刑事」などがある。

脚本家出身というキャリアを注視する必要がある。同様のキャリアをもつ作家としては、隆慶一郎、星川清司、池宮彰一郎、黒崎裕一郎、押川國秋等、錚々《そうそう》たるメンバーが揃《そろ》っている。これらの作家に共通しているのは〝着眼点〟の良さである。

作者についてもそれは言える。例えば、「隅田川御用帳」を読むとよくわかる。物語の舞台は深川にある駆け込み寺「慶光寺」の門前で縁切り御用をつとめる「橘屋」で、そこの女主人お登勢と、素浪人塙十四郎が主役である。こう書くと捕物帳に詳しい読者なら平岩弓枝の「御宿かわせみ」シリーズを思い浮かべる。作者の着眼点の良さは、市井人情ものを書くスタイルとしてはもっとも適した「御宿かわせみ」のもつ〝グランドホテル形式（限定された空間で起きる事件を巧みに関連させるといった劇作法のひとつで、映画「グランド・ホテル」はその原点ともいえる作品）〟を主要装置として、そこに、縁切寺をもってきたことである。なぜなら、男と女の間にある哀しさ、切なさを描くには縁切寺は恰好のネタ元であるからだ。

シリーズ第一作目『雁の宿』の冒頭にお登勢と塙十四郎の出会いの場面がある。

《「実はもうお気付きかと存じますが、橘屋は慶光寺の御用宿《ごようやど》を勧めております。つまり慶光寺に様々な理由で、夫と別れたくても別れられず駆け込んで参りました女たちのお世話をさせていただいているのです」

「つまりは慶光寺は縁切り寺だという事だな」

「はい」

「俺は、江戸者が駆け込む縁切り寺は、鎌倉の東慶寺だけかと思っていたぞ」

「それが、年々件数が増えまして、しかも鎌倉までは女の足ではその日に駆け込む事は不可能でございます。道中で追っ手につかまり引き戻されて酷い目にあわされる者たちも多く、八代様の時代から、将軍様のご側室のお一人を選ばれまして、そのお方が禅尼としてお寺をお守りし、駆け込んで来る女達を受け入れるようになったのでございます』》

この場面を読んだ時、思わず「うまい」と唸《うな》ってしまった。時代劇を多く手がけてきた脚本家出身だけに、実にすぐれた着眼である。

同じことは「橋廻り同心・平七郎控」でも言える。本シリーズの面白さはふたつのすぐれた着眼点によって支えられている。まず、第一はヒーローである立花平七郎の職業が、北町奉行所の同心ではあるがあまり聞きなれない定橋掛《じょうばしがかり》、通称橋廻りと呼ばれる役職であることだ。通常、捕物帳のヒーロー達は与力、同心、岡っ引といった身分の違いはあってもほとんど探索方である。ところが平七郎は違う。平七郎がデビューした『恋椿』の冒頭で作者は平七郎の役職について次のように描いている。

《その平七郎が定服としての黒の紋付羽織、白衣（着流し）に帯刀というご存じ同心姿にかわりはないが、今手にあるのは十手《じって》ではなく、コカナヅチ大の木槌《きづち》であった。

長さ八寸（約二四センチ）あまりの指の太さほどの柄も、直径一寸（約三センチ）ほどの円筒形の頭部もすべて、樫《かし》の木で出来ている小さな木槌だが、これで橋桁《はしげた》や橋の欄干《らんかん》、床板を叩《たた》いて橋の傷み具合を確かめるのが橋廻りの第一の仕事であった。

第二は、橋の通行の規制や橋袂《たもと》の広場に不許可の荷物や小屋掛けの違反者はいないか等、高積見廻り方同心に似たお役目も担っていた。

むろん、橋下を流れる川の整備も定橋掛のお役目であった。同心の花形である定町廻りが綺麗《きれい》な房のある十手をひけらかして、雪駄《せった》を鳴らし、町を見回るのに比べると、こちらの仕事はいかにも地味で、木槌を手にして町を歩くのは、あまり格好のいいものではない。

何を隠そうこのお役目は、奉行所内でも閑職とされ、定員は与力一騎に同心二名、一度この定橋掛に配置されたら、そこから抜け出すのは容易ではないというのが通例だった。いわば同心職の墓場であり、平七郎たちがお役に就くまでは、耄碌《もうろく》した老人同心とか、問題を抱えたお役御免寸前の同心が務めていた。》

実はここに作者の工夫がある。探索方の役人を避けることで、平七郎の目線の低さと身軽さを強調しているのである。つまり、庶民と同じ目線に立っていることと、自由に動きまわれることを狙ったのである。そして、作者は『恋椿』の第四話「朝霧」では、この工夫をさらに発展させて、北町奉行榊原主計頭忠之の〃歩く目安箱〃としての使命を加えている。市井で起こった様々な出来事を直接奉行に知らせる役目だ。奉行は〃歩く目安箱〃を設けることで、弱き者たちの救済に役立てばと考えたのである。本書はその新たな役割を担った平七郎の活躍を伝えるスタートとなっており、面白さが倍加していて当り前なのだ。捕物帳の場合、先行作品が多いだけにこういった役職に対する工夫がオリジナリティとなって、人物造形にふくらみをもたせるのである。

第二は平七郎の役職を〝定橋廻り〟としたのを見てもわかるとおり作品のモチーフを〝橋〟にしたことである。特に、江戸の下町は江戸湾岸のデルタを埋立て、運河を縦横につくった市街なので、当然ながら橋梁《きょうりょう》が多い。徳川家康は天正十八年（一五九〇）に江戸入りするや日をおかずに居城の改築や城下町の造成に着手しているが、その工事の重要なもののひとつに多数の橋梁の架設があった。時代が進むにしたがって橋はさらに増える。当然、江戸の人々にとっては〝橋〟は生活に密着した存在であった。

つまり、〝橋〟には人生の縮図がある。〝橋〟が生活に密着した存在であった江戸時代の人々にとって、〝橋〟は離合集散の場であった。〝橋〟を渡ろうか渡るまいか思案する。日本人ほど〝橋〟に人生の一コマをシンボライズする民族もいない。古代から〝橋〟は単なる通路ではなく、聖なる境界の象徴でもあった。おそらく、そういったことも左右しているのであろう。〝橋〟にはストップモーションをかけられた人生がある。

それだけに〝橋〟は時代小説の重要なモチーフであった。藤沢周平には『橋ものがたり』というそのものズバリの短編集もあるし、山本周五郎には「橋の下」、立原正秋には「橋の上」といった好短編がある。ちなみに平岩弓枝「御宿かわせみ」シリーズや、池波正太郎「鬼平犯科帳」シリーズをひもとけば、〝橋〟のついた作品と必ず出会うはずである。要するに市井人情ものをテーマとした捕物帳には〝橋〟は欠かせぬモチーフであり、それをクローズアップしたところに本シリーズの面白さがある。すぐれた着眼点といったのはそれゆえである。

本書には第一話「菊枕」をはじめ、第二話「蘆火」、第三話「忍び花」、第四話「呼子鳥」の全四話が収録されている。

いずれの作品も犯罪に遭遇した人間の哀しみや切なさが描かれている。相手の内面を理解しようという平七郎のやさしさと澄んだ眼がなんとも言えずいい。そして、いずれの作品でも〝橋〟が相手の心情を理解するための重要な手がかりとなっている。

例えば第一話「菊枕」の次のセリフは圧巻である。

《「おかみさんは、ずっとこの五年間、あの弾正橋を見て暮らしてきました。あの橋を渡れば八丁堀に行ける。そしたら、懐かしい旦那様にも会える、可愛い娘さんにも会えるって……。でも、それが出来なくて、それでもずっとあの橋を眺めてきました。愛《いと》しい旦那様や娘さんの住む町に繋がるあの橋を……おかみさんは胸が千切れる思いで見てきたんです。そういう人なんです、おかみさんは……おかみさんをお助け下さい」

おまさは、平七郎と秀太に、縋《すが》りつくようにして訴えた。》

詳しいストーリーの解説は避けるが、このセリフは凄い。そして、うまい。脚本できたえた技といえよう。

平岩弓枝、杉本章子、北原亞以子、宇江佐真理と続く、市井人情ものに強力な新鋭の登場である。

一〇〇字書評

切り取り線

購買動機（新聞、雑誌名を記入するか、あるいは○をつけてください）

□（　　　　　　　　　　　　）の広告を見て
□（　　　　　　　　　　　　）の書評を見て
□ 知人のすすめで　　□ タイトルに惹かれて
□ カバーがよかったから　　□ 内容が面白そうだから
□ 好きな作家だから　　□ 好きな分野の本だから

●最近、最も感銘を受けた作品名をお書きください

●あなたのお好きな作家名をお書きください

●その他、ご要望がありましたらお書きください

住所	〒				
氏名		職業		年齢	
Eメール	※携帯には配信できません	新刊情報等のメール配信を 希望する・しない			

あなたにお願い

この本の感想を、編集部までお寄せいただけたらありがたく存じます。今後の企画の参考にさせていただきます。Eメールでも結構です。

いただいた「一〇〇字書評」は、新聞・雑誌等に紹介させていただくことがあります。その場合はお礼として特製図書カードを差し上げます。

前ページの原稿用紙に書評をお書きの上、切り取り、左記までお送り下さい。宛先の住所は不要です。

なお、ご記入いただいたお名前、ご住所等は、書評紹介の事前了解、謝礼のお届けのためだけに利用し、そのほかの目的のために利用することはありません。またそのデータを六カ月を超えて保管することもありませんので、ご安心ください。

〒一〇一-八七〇一
祥伝社文庫編集長　加藤　淳
☎〇三（三二六五）二〇八〇
bunko@shodensha.co.jp

祥伝社文庫

上質のエンターテインメントを！　珠玉のエスプリを！

祥伝社文庫は創刊15周年を迎える2000年を機に、ここに新たな宣言をいたします。いつの世にも変わらない価値観、つまり「豊かな心」「深い知恵」「大きな楽しみ」に満ちた作品を厳選し、次代を拓く書下ろし作品を大胆に起用し、読者の皆様の心に響く文庫を目指します。どうぞご意見、ご希望を編集部までお寄せくださるよう、お願いいたします。

2000年1月1日　　祥伝社文庫編集部

火《ひ》の華《はな》　橋廻《はしまわ》り同心《どうしん》・平七郎控《へいしちろうひかえ》　　時代小説

平成16年10月20日　初版第1刷発行
平成20年1月15日　第11刷発行

著者　藤《ふじ》原《わら》緋《ひ》沙《さ》子《こ》
発行者　深澤健一
発行所　祥《しょう》伝《でん》社《しゃ》
東京都千代田区神田神保町3-6-5
九段尚学ビル　〒101-8701
☎03(3265)2081(販売部)
☎03(3265)2080(編集部)
☎03(3265)3622(業務部)
印刷所　堀内印刷
製本所　ナショナル製本

造本には十分注意しておりますが、万一、落丁、乱丁などの不良品がありましたら、「業務部」あてにお送り下さい。送料小社負担にてお取り替えいたします。

Printed in Japan

ISBN4-396-33192-4　C0193

祥伝社のホームページ・http://www.shodensha.co.jp/

祥伝社文庫

藤原緋沙子
恋椿 橋廻り同心・平七郎控
橋上に芽生える愛、終わる命…橋廻り同心平七郎と瓦版屋女主人おこうの人情味溢れる江戸橋づくし物語。

藤原緋沙子
火の華《はな》 橋廻り同心・平七郎控
橋上に情けあり。生き別れ、死に別れ、そして出会い。情をもって剣をふるう、橋づくし物語第二弾。

藤原緋沙子
雪舞い 橋廻り同心・平七郎控
一度はあきらめた恋の再燃。逢えぬ娘を近くで見守る父。――橋上に交差する人生模様。橋づくし物語第三弾。

藤原緋沙子
夕立《ゆだ》ち 橋廻り同心・平七郎控
雨の中、橋に佇む女の姿。橋を預かる、北町奉行所橋廻り同心・平七郎の人情裁き。好評シリーズ第四弾。

藤原緋沙子
冬萌え 橋廻り同心・平七郎控
泥棒捕縛に手柄の娘の秘密。高利貸しの優しい顔――橋の上での人生の悲喜こもごも。人気シリーズ第五弾。

藤原緋沙子
夢の浮き橋 橋廻り同心・平七郎控
永代橋の崩落で両親を失い、深い傷を負ったお幸を癒《いや》した与七《よしち》に盗賊の疑いが――橋廻り同心第六弾！

祥伝社文庫

井川香四郎　あわせ鏡　刀剣目利き 神楽坂咲花堂

出会い頭に女とぶつかり、瀬戸黒の名器を割ってしまった咲花堂の番頭峰吉。それから不思議な因縁が…。

井川香四郎　千年の桜　刀剣目利き 神楽坂咲花堂

前世の契りによって、秘かに想いあう娘と青年。しかしそこには身分の壁が…。見守る綸太郎が考えた策とは!?

佐伯泰英　密命①見参！寒月霞《かすみ》斬り

豊後相良《さがら》藩主の密命で、直心影流の達人金杉惣三郎《かなすぎそうざぶろう》は江戸へ。市井《しせい》を闊達《かったつ》に描く新剣豪小説登場！

佐伯泰英　密命②弦月三十二人斬り

豊後相良藩を襲った正室の乳母殺害事件。吉宗の将軍宣下を控えての一大事に、怒りの直心影流が吼《ほ》える！

佐伯泰英　密命③残月無想斬り

武田信玄の亡霊か？　齢《よわい》百五十六歳の妖術剣士石動奇嶽《いするぎきがく》が将軍家を襲った。惣三郎の驚天動地の奇策とは！

佐伯泰英　刺客《しかく》　密命④斬月剣

大岡越前の密命を帯びた惣三郎は京へ現われる。将軍吉宗を呪う葵切り七剣士が襲いかかってきて…